KB078633

TOUCHED
TO DIED

건들면 죽는다

FUSION FANTASTIC STORY
다크홀릭 퓨전 판타지 소설

건들면 죽는다 7

다크홀릭 퓨전 판타지 소설

초판 1쇄 찍은 날 § 2014년 4월 9일
초판 1쇄 펴낸 날 § 2014년 4월 17일

지은이 § 다크홀릭
펴낸이 § 서경석

편집부장 § 권태완
편집책임 § 정수경

펴낸곳 § 도서출판 청어람
등록번호 § 제387-1999-000006호
등록일자 § 1999. 5. 31
어람번호 § 제1-1829호

주소 § 경기도 부천시 원미구 심곡2동 163-2 서경B/D 3F (우) 420-822
전화 § 032-656-4452팩스 § 032-656-4453
http://www.chungeoram.com
E-mail § chungeorambook@daum.net

ISBN 979-11-5681-974-5 04810
ISBN 978-89-251-3509-0 (세트)

TOUCHED
TO DIED

건드리면
죽는다

FUSION FANTASTIC STORY

다크홀릭 퓨전 판타지 소설

7

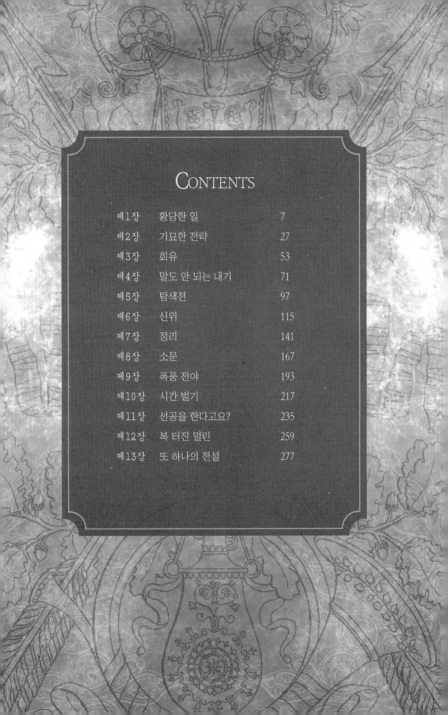

CONTENTS

제1장	황당한 일	7
제2장	기묘한 전략	27
제3장	회유	53
제4장	말도 안 되는 내기	71
제5장	탐색전	97
제6장	신위	115
제7장	정리	141
제8장	소문	167
제9장	폭풍 전야	193
제10장	시간 벌기	217
제11장	선공을 한다고요?	235
제12장	복 터진 멀린	259
제13장	또 하나의 전설	277

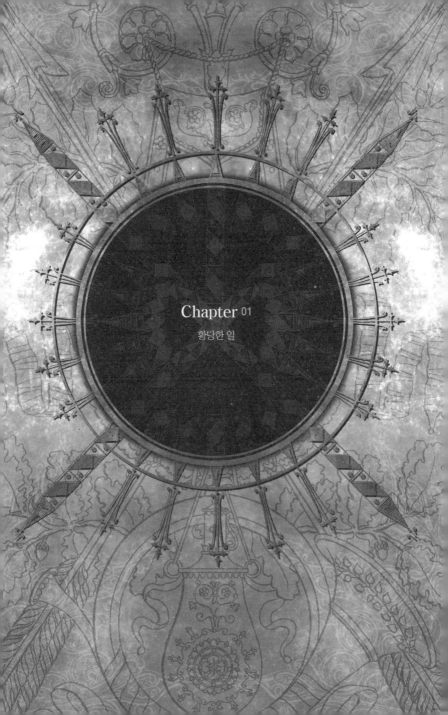

Chapter 01

황당한 일

건들면죽는다

1

크롤 백작은 지금 자신이 무슨 일을 당하고 있는 것인지 도무지 이해할 수가 없었다.

분명 방금 전까지만 해도 렌탈 영지를 치기 위해 열심히 달리고 있었는데 갑자기 세상이 캄캄해지다니…….

게다가 아무리 움직이려 해도 몸이 꼼짝을 하지 않아 더욱 그랬다.

만일 이때 누군가가 대화하고 있는 소리를 듣지 못했다면 틀림없이 꿈이라고 여겼을 터였다.

"그냥 여기서 쥐도 새도 모르게 죽어 버리는 것이 낫지 않을까요? 이런 인간은 살려둬 봤자 아무짝에도 쓸모가 없을 것 같은데…….”

“지금까지 한 짓으로 보면 나도 그러고 싶다만 그래도 한편으로는 불쌍하다는 생각이 들어서 말이다.”

여자는 소녀에 가까운 목소리였지만 마치 얼음굴 속에서 막 나온 것처럼 차갑고 냉랭한 말투였다.

그녀의 말을 먼저 들었을 때는 끔찍한 절망감만이 느껴질 정도였다.

그러나 뒤를 이어 들려온 남자의 말은 많이 달랐다. 다행히 그는 어느 정도 동정심이 있는 것 같았다.

“불쌍하긴 뭐가 불쌍해요? 이 인간 때문에 하마터면 엄청나게 많은 사람이 죽을 수도 있었잖아요. 그것도 아무 죄 없는 사람들이…….”

“네 말도 맞다만 그걸 이 사람만의 잘못이라고 할 수는 없지. 이 사람도 위에서 지시를 받아 저지른 일이잖아.”

대화 내용으로 미루어 볼 때 이들은 렌탈 쪽 사람들에 틀림없는 것 같았다.

하지만 그렇다고 해도 어떻게 이런 일이 일어날 수 있는지는 아직도 이해할 수가 없었다.

자신은 분명 방금 전까지만 해도 무려 천오백여 명에 가까운 병사에게 둘러싸인 채 멀쩡하게 달리고 있었다.

누군가에게 납치당할 수 있는 상황이 아니었던 것이다.

그런데 어째서 지금 꼼짝도 할 수 없는 상태가 되었다는 말인가.

결국 그는 억울해서라도 한마디 해야 한다고 생각했다.

아니, 호통을 쳐서 이 무뢰한 녀석들에게 자신의 정체를 알려야 한다고 생각했다.

"웁웁웁! 우우우웁!(나는 크롤 백작이다!)"

그러나 입이 무엇으로 막혀 있는지 자신의 말은 마치 돼지가 꿀꿀거리는 것처럼 이상하게 나갈 뿐이었다. 그야말로 미치고 팔짝 뛸 노릇이다.

"그새 정신을 차린 모양인데요?"

"그럴 거야. 이쯤에서 일어날 수 있게 만들어놓았었거든. 자, 그럼 어디 시원한 그늘에 앉아서 재미있는 이야기나 나누어 볼까?"

그나마 다행히 자신을 납치한 자들은 말귀를 알아들었는지 그를 들어 올리더니 어딘가 바닥에 내려놓았다.

그것만으로도 한결 마음이 놓이는 크롤이었다.

온몸이 묶인 채 앞도 볼 수 없는 상태에서 심하게 흔들리는 말 위에 있는 것보다는 훨씬 나았기 때문이다.

"풀어주어라."

"네……."

남자의 지시가 떨어지자마자 드디어 크롤은 다시 볼 수 있게 되었다.

가만 보니 그는 지금까지 부대자루 안에 담겨 있었던 모양이다.

"읍읍읍!"

"얌전히 있어라. 어차피 입도 풀어줄 것이니……."

투둑…….

얼핏 보니 여자는 복면을 쓰고 있었다.

그런 데다가 목소리까지 냉랭해서 여자에 대한 크롤의 감정은 두려움이었다.

어쨌든 그런 가운데 마침내 입에 물려 있던 재갈도 풀렸다.

사실 납치범들은 손과 욜라였다. 그랬기에 처음에는 재갈을 물리거나 묶어 놓을 필요도 없이 그냥 손이 혈도를 점하는 것만으로 간단하게 납치를 했었다.

그러다가 크롤군과 어느 정도 거리가 확보되자 이처럼 일부러 입에 재갈을 물리고 포박을 해두었던 것이다. 그래야 더 효과적이라고 생각한 모양이다.

"푸아~! 네, 네놈들은 누구냐!"

"쯧… 기껏 착하게 대해 주려고 했더니 첫마디부터 네놈들이라… 욜라야."

"네!"

슈욱~ 퍽!

"컥!"

크롤은 입이 자유로워지자마자 대뜸 호통을 쳤다.

잡혀 있어도 자신은 높은 신분임을 과시해야 한다고 생각한 모양이다. 하지만 그로 인해 돌아간 대가는 혹독했다.

빠각! 퍽! 퍽!

"크아악!"

냉랭하긴 했어도 그나마 말을 하는 것이 훨씬 나았다.

크롤은 이 무지막지한 여자에게 미친개 얻어터지듯 터진 다음에야 그 사실을 뼈저리게 깨달았다.

입을 꼭 다문 채 때리는 것이 훨씬 두려웠던 것이다.

스윽… 뚝!

"이제 말조심하고 싶은 생각이 드는가?"

"끄응… 대, 대체 당신들은 누구요?"

"만족스러운 정도는 아니지만 그래도 좀 낫군. 우리는 네 짐작대로 렌탈 영지에서 온 사람들이다."

아주 공손한 말투는 아니었지만 그래도 확실히 달라진 그의 태도가 조금은 마음에 들었는지 손이 순순히 대답해 주었다.

"나를 어떻게 납치한 것이오? 나, 나는 분명 말 위에 타고 있었거늘…….”

“그런 건 네가 알 필요 없다. 원래는 마상에서 그냥 죽여버릴 수도 있었지만 네 인생이 하도 불쌍해서 납치를 해온 것뿐이니 그렇게만 알고 있어라.”

크롤은 숀의 말이 거짓말이 아님을 느낄 수 있었다.

죽이는 것이 납치하는 것보다 훨씬 쉽다는 것쯤을 그가 모를 리 없었다. 그 역시 검술 실력이 꽤 되는 사람 아니던가.

“내 인생이 불쌍하다고? 그건 또 무슨 소리요?”

“광기 넘치는 첫째 왕자 바스티안의 꼬임에 넘어가서 전쟁을 일으킨 것도 모자라 이번에는 친숙부에게 뒤통수를 맞게 되었으니 불쌍할 수밖에……. 아무리 선대에게 버림을 받았다고는 하지만 그렇다고 자신의 조카 뒤통수를 칠 생각을 하다니… 쯧…….”

“그러니까 그게 대체 무슨 개소리냐니까!”

스윽…….

“……요.”

숀의 말에 흥분을 했는지 크롤이 벌떡 일어나며 대뜸 소리를 질렀다.

그러나 그 순간, 욜라가 오른쪽 주먹을 슬쩍 들어 올리자 금방 꼬리를 내리고 말았다. 또다시 맞고 싶지는 않은 모양이다.

"어리석은 자 같으니라고. 이번에 자네를 도와준다고 온 지원군들은 우리와 싸운 후 곧장 자네 영지를 집어삼키기로 되어 있다네. 아마 전투 중에도 자신들은 슬쩍 뒤로 빠지고 자네의 병사들을 더 많이 희생시키려고 했겠지."

"말도 안 되는 소리! 이상한 말로 나와 숙부님을 갈라놓으려고 하지 마… 시오! 그럴 거였으면 뭐하러 블랙 기사단과 기마부대가 먼저 기습에 나섰겠소?"

손의 충격적인 말에 크롤의 표정이 대변했다.

그 역시 숙부인 테우신 백작이 자신의 가문에 좋지 않은 감정을 가지고 있다는 것은 알고 있었다.

아버지가 그에게 어떻게 했는지 어렴풋이 알고 있었던 탓이다.

하지만 얼마 전 만나본 테우신은 과거는 모두 잊었다며 자신을 진심으로 반겨주었었다. 그랬기에 손의 말에 더욱 흥분했던 것이다.

"전혀 의심받지 않으려면 그 정도 쇼는 해야 하는 법이지. 물론 우리 전력을 너무 얕본 것이 큰 실수가 되었지만……."

"그, 그렇다면 결국 가롯과 블랙 기사단은 전멸한 거요?"

충격적인 내용은 둘째 치고 우려했던 상황이 벌어진 것

같아 보이자 크롤은 또다시 당황했다.

어느 정도 당했을 것이라고 예상은 하고 있었지만 차마 완전히 전멸당했을 거라고 생각하지는 않았던 모양이다.

"가룻이라는 자는 요즘 잘 지내고 있으니 너무 걱정 마라. 그를 통해 이런 정보도 얻을 수 있었던 것이니까. 직접 만나보면 당신도 내 말이 거짓이 아님을 알게 되겠지만……."

"숙부님이 그럴 리가 없소. 그건 당신들이 가룻을 고문한 다음 꾸며낸 이야기가 분명해."

"그건 두고 보면 알겠지. 자, 이제 그럼 슬슬 가보자고. 이번에는 당신의 신분을 예우해서 편히 갈 수 있게 해줄 테니 엉뚱한 생각은 하지 않는 게 좋을 거야. 가자, 아우."

"네!"

납치해서 겁을 준 다음 헷갈릴 이야기를 꺼내 놓고 편안한 상태로 말을 타게 한다.

이건 모두 슌의 작전 가운데 하나였다.

이런 식으로 상대방을 들었다 놨다 해야 더욱 다루기가 쉬워진다는 것을 과거 경험을 통해 잘 알고 있었다.

그러나 욜라는 그의 이런 방식을 이해할 수 없었다. 그녀가 볼 때 저런 인간은 풀어놓으면 도망갈 확률이 높았기 때문이다.

2

욜라의 예측은 정확했다.

크롤 백작은 자신만이 타고 갈 수 있는 말을 받고 나서 한동안은 얌전했다.

그러나 일행들이 작은 산의 고개를 막 넘는 순간, 갑자기 방향을 바꾸더니 미친 듯이 달리기 시작했다.

지형이 워낙 특이했기에 숀과 욜라는 말을 돌리기도 쉽지 않은 데다가 이미 크롤은 시야에서 멀어지고 있었기에 따라붙기는 불가능해 보였다.

"하아……. 내 이럴 줄 알았다니까요. 기껏 잡았는데 놓쳤으니 이제 어쩌죠?"

"어쩌긴… 다시 잡아 오면 되지."

"하지만 녀석은 이미 추격할 수 있는 범위를 한참 벗어났어요. 다시 놈들이 모여 있는 곳으로 가서 잡기 전에는 틀린 것 같아요. 게다가 아까는 그나마 방심을 해서 잡기 쉬웠지만 이번에는 형이 전면전을 벌여서 주의를 끌 때 제가 잡아야 할 것 같은데요?"

어찌 보면 심각할 수도 있는 상황이었지만 욜라는 그래도 크롤을 다시 잡아들일 수 있다고 여기는 것 같았다.

하긴 자신과 소드 마스터까지 함께 움직이는 이상 아무리 대군이 몰려 있어도 그 정도는 하고도 남을 터였다.

하지만 그녀는 아직도 숀의 능력을 정확히 몰랐기에 이런 쓸데없는 걱정을 하고 있었다.

"훗……. 그건 내가 알아서 할 테니 너는 말이나 잘 돌보고 있어라."

슈욱~!

"아……."

숀은 그녀의 생각과는 전혀 다르게 움직였다.

그는 그저 간단한 말 한마디만 남기고는 허공 높이 떠오르더니 그대로 사라져 버린 것이다.

"날, 날았다. 그것도 새처럼……."

자신도 순간적으로 십여 미터 이상 날 수는 있었다.

그러나 딱 거기까지이지, 그 이상 날아갈 수는 없다.

그것만으로도 사람들은 입을 딱 벌리는 판인데 방금 전의 숀은 그 수준을 벗어나도 한참 벗어나 있었다.

그는 보통 사람들의 상식을 비웃기라도 하는 듯 그야말로 까마득한 거리를 말 그대로 날아가 버렸다.

하지만 그녀의 놀라움은 크롤에 비하면 아무것도 아니었다.

두두두두~~!

"어이~! 여기서 또 만나네?"

"으허헉!!"

―히이이이잉~!!

악마 같은 여자와 느끼한 남자로부터 도주하기 위해 미친 듯이 말을 몰던 크롤은 너무 놀라서 하마터면 말 위에서 떨어질 뻔했다.

자신도 모르게 말고삐를 너무 세게 당겼기 때문이다.

워낙 좋은 말이라 그나마 낙마는 면할 수 있었지만 여전히 얼빠진 표정을 지울 수는 없었다.

"어, 어떻게……."

"누구라도 같은 상황이면 도망칠 수 있었을 거야. 이해해. 하지만 딱 여기까지야. 만약 다시 한 번 더 도망을 간다면… 그때는 평생 후회할 일이 생길지도 몰라. 난 화가 나면 무슨 짓을 저지를지 모르거든. 심지어는 남자의 가장 중요한 부위를 박살 냈던 적도 있을 정도이니까."

스윽…….

"헉!"

덜덜…….

쇼이 말을 하며 그의 중요한 부위를 슬쩍 훑어보자 크롤은 온몸에 소름이 돋고 말았다.

거기가 박살 나느니 차라리 죽는 게 낫다는 생각까지 들었다.

"자, 그럼 가볼까?"

덥석! 슈우욱~~!

"으아아아악~~!"

이제 무려 5서클 마법사가 된 멀린도 손의 팔에 잡혀 허공을 날아갈 때면 아직도 벌벌 떨 정도다.

그러니 크롤이라고 해서 무사할 리가 없었다.

그는 아예 오줌까지 지리며 고래고래 비명을 질러댔다.

그리고 그 소리는 곧 말 두 마리를 잡아놓고 멍한 표정으로 풀밭에 앉아 있던 욜라의 귀에도 똑똑히 들렸다.

"어머! 이, 이게 무슨 소리지? 설마……."

"어이~ 많이 기다렸나?"

설마가 맞았다.

조금 전에 날아갔던 손이 크롤의 목덜미를 잡은 채 다시 나타난 것이다.

이미 수차례 손에게 놀랐던 욜라였지만 지금 그녀의 심정은 그 이상이었다.

'이건 말도 안 돼. 아무리 소드 마스터라 해도 허공을 날아다닌다는 말은 들은 적이 없어. 아니, 설혹 날 수 있다 치더라도 다른 사람까지 들고 난다는 것이 말이 돼? 처음 볼 때부터 대단한 사람이라는 것은 알 수 있었지만 이건 도가

지나쳐도 너무 지나치잖아. 휴우…….'

그녀는 나이에 비해 견문이 넓을 뿐 아니라 정말 많은 것을 겪어 보았다.

하지만 이런 인간이 존재한다는 것은 본 적도 들은 적도 없었다.

"대체 그자를 어디서 잡아온 거죠?"

"파울론 언덕 너머까지 도주했더군. 도망치는 데는 일가견이 있는 것 같아. 그래 봤자지만…….'"

이미 크롤은 입에 거품을 문 채 기절해 있었다.

그 모습을 물끄러미 바라보며 숀의 이야기를 듣던 욜라가 길게 한숨을 쉬었다.

"형."

"응?"

"인간 맞아요?"

"아하하! 그럼 내가 인간이지, 짐승이겠냐?"

이곳에서 파울론 언덕 너머까지면 족히 삼십 킬로미터가 넘을 터였다.

일반인 같으면 반나절은 걸어야 할 정도일 텐데 숀은 자신보다 무거워 보이는 크롤을 든 채 겨우 십오 분 만에 왕복을 했던 것이다.

이건 그녀의 상식으로도 도저히 납득하기 어려웠다. 그

러니 이처럼 황당한 질문을 던질 수밖에…….

"그렇죠. 형이 짐승일 리는 없겠죠. 하아……. 일단 이자를 깨울게요."

"그래라."

숀의 대답이 떨어지자마자 욜라는 크롤의 뺨을 갈기기 시작했다.

여전히 풀리지 않는 숀에 대한 미스터리를 떨치려는 듯…….

그 덕분에 불쌍한 크롤의 얼굴에는 그녀의 손바닥 자욱이 선명하게 찍히고 있었다.

철썩철썩!

"끄윽……. 일, 일어났으니 제발 그만 때리시오!"

그게 꽤나 아팠는지 크롤은 정신을 차리자마자 그녀의 손을 피하기 위해 발버둥을 치며 이렇게 소리 질렀다. 그런다고 피할 수도 없었지만…….

"살살해라. 그러다 죽을라."

"제가 바보인 줄 알아요? 그런다고 인질을 죽이게……. 쥐새끼처럼 틈만 나면 도망을 치는 놈은 좀 맞아도 싸요."

철썩철썩!

숀과 욜라가 애초부터 짠 것은 아니다.

하지만 그런데도 미리 치밀하게 계획이라도 한 것처럼

두 사람의 죽은 척척 맞았다.

"다시는 도망가지 않을 테니 제발~!"

"이제 시작인데 사내놈이 왜 이렇게 빌빌거리는 거야? 재수 없게……."

철썩철썩!

욜라의 매질은 손에 버금갈 정도로 교묘했다.

물론 손처럼 정확한 혈도를 아는 것은 아니었지만 그녀는 본능적으로 어떻게 때리면 사람이 가장 아프고 두려워하는지를 알고 있는 것 같았다.

그런 모습을 보며 손은 괜히 마음이 짠했다. 그녀가 얼마만큼 힘든 세월을 살아왔는지 알 것 같았기 때문이었다.

턱!

"이제 그만해라. 그리고 앞으로 이런 일은 하지 않는 게 좋겠구나. 여자가 할 만한 일은 아닌 것 같아."

"형……."

만일 다른 남자가 이런 식으로 말렸다면 사생결단 냈을 터였다.

그러나 손이 자신의 팔목을 잡는 순간부터 욜라는 아무런 행동도 할 수 없었다.

그저 복면 사이로 드러난 그녀의 커다란 눈망울만이 그를 바라볼 뿐이었다.

'보면 볼수록 이 아이의 눈빛은 아름답구나. 복면을 벗겨 보고 싶을 만큼…….이런, 내가 지금 무슨 생각을 하고 있는 거지? 정신 차리자.'

숀은 그런 그녀의 눈빛을 보는 순간, 갑자기 이런 생각이 들었다.

워낙 이성에 대한 감정이 서투른 그이다 보니 그녀에 대한 자신의 마음이 어떤 것인지는 알지 못했다.

단지 본능적으로 그녀의 얼굴이 궁금했던 것인지도 모른다.

그러나 겨우 그런 생각을 억누르며 이성을 되찾았다.

"어서 가자. 이곳에서 시간을 너무 지체한 것 같구나."

"네."

"자네도 갈 수 있겠지?"

"끙끙……."

자신의 속마음이 행여 들키기라도 할까 봐 숀은 얼른 말에 올라타며 욜라에게 이렇게 말했다.

그리고는 곧바로 크롤에게 이런 질문을 던지자 그는 대답 대신 많이 아프다는 듯 엄살을 부렸다.

"갈 수 있습니다! 지금 가, 가고 있잖아요!"

하지만 욜라의 한마디에 언제 그랬냐는 듯 벌떡 일어나 더니 뛰기 시작했다.

도망가다 손에게 잡혀왔기에 자신의 말은 이미 사라진 것이다.

그야말로 인과응보라고 할 만했다.

그렇다고 마나를 가지고 있는 그가 어느 정도 거리를 달리지 못할 리는 없었다.

비록 비 오듯 땀은 흘려야 했겠지만…….

그렇게 세 사람은 렌탈 영지를 향해 달리고 또 달렸다.

Chapter 02

기묘한 전략

건들면죽는다

1

렌탈 영지는 지금 초비상이 걸린 상태다.

크롤 백작이 대군을 이끌고 온다는 소식이 전해진 후부터 모든 지휘관들과 영지군들은 귀가마저 포기할 정도였다.

그들은 연일 모여서 대책 마련을 하고 있었다.

"베스 대장. 적들의 규모는 정확히 파악했는가?"

"네, 현재까지 확인된 숫자는 모두 일천이백 명입니다. 그중 기마부대가 사백 명이고 특수부대 및 공성무기 부대원이 이백 명 정도 되었으며 나머지가 보병입니다. 얼핏 보기에는 대단한 전력 같습니다만 얼마 전 총사령관님께서 적들의 가장 큰 핵심을 제거했기 때문에 충분히 상대할 수 있을 것 같습니다."

미리 지시를 내렸던지 렌탈 남작은 회의가 시작되자마자 보병 대장 벡스에게 대뜸 이런 질문부터 던졌다.

그러자 벡스는 준비했다는 듯 막힘없이 보고를 했다.

몇 달 전만 해도 저 정도 병력이 쳐들어올 경우 겁부터 먹었지만 지금은 달랐다.

훨씬 적은 병력으로 기적과 같은 승리를 두 번이나 한 데다가 그사이 팔백여 명이나 되는 정예병을 갖추게 되었으니 뭔들 두렵겠는가.

벡스의 말투에서는 자신감이 넘치고 있었다.

"하지만 상대는 전투 경험이 많은 테우신 백작군이 태반이오. 만만하게 봐서는 안 된다는 말이오."

"그건 벨룸 대장의 말이 옳다. 병사들의 사기 진작을 위해 자신감을 갖는 것도 중요하지만 그렇다고 상대를 경시여겨 방심을 해서는 안 된다."

벡스의 자신감이 너무 지나치다고 생각했는지 벨룸이 끼어들어 일침을 가했다.

그러자 렌탈도 그 말이 옳다는 듯 이렇게 말했다.

"명심하겠습니다."

"그나저나 아직 사령관님의 소식은 없었나?"

"네. 떠나실 때 기이한 말씀을 남긴 것 외에는 전혀 없습니다."

벡스가 순순히 인정을 하자 렌탈은 잠깐 고개를 끄덕이더니 이번에는 벨룸에게 이런 질문을 던졌다.

아무리 자신들의 전력이 좋아졌다고는 하나 여전히 그는 손에 대한 의존도가 높았던 것이다.

"기이한 말을 남겼다니……. 그건 또 무슨 말인가?"

"이번 전쟁은 의외로 쉽게 해결될지도 모른다고 하셨거든요."

의아한 표정으로 질문을 했던 렌탈은 벨룸의 대답을 듣게 되자 더욱 알 수 없다는 듯 머리를 흔들었다.

워낙 뜬금없는 말이었기 때문이다.

"그럼 어디로 간다는 말도 없었나?"

"제가 묻기는 했지만 곧 알게 될 것이라며 그냥 사라져 버렸습니다."

"제게는 우리가 잡고 있는 적장 가롯에게 더욱 잘해주라는 당부를 하셨었습니다."

벨룸이 어깨를 으쓱이며 이렇게 대답하자 이번에는 벡스가 슬쩍 끼어들었다.

그러나 그의 말은 렌탈뿐 아니라 이 자리에 있는 모두의 의혹만 증폭시킬 뿐이었다.

"허허……. 그 말은 제게도 했습니다. 성을 벗어나지만 않는다면 자유롭게 놔두라고 하더군요."

"멀린 마법사님께도 그런 당부를 했단 말이오?"

"그렇습니다."

내내 듣고만 있던 멀린이 한마디 하자 렌탈은 얼른 다시 물었다.

당장 적군이 몰려오는 판국에 가장 중요한 전력이라고 할 수 있는 멀린에게 내린 지시가 고작 포로 감시라니…….

들으면 들을수록 렌탈은 머리가 아파왔다.

도대체 가룻을 어디에 써 먹으려고 그러는 것인지 더욱 헷갈리기만 했다.

"휴우……. 아무리 생각해 봐도 사령관님의 의도는 알 수가 없군. 경들은 뭐 짚이는 것이라도 있는가?"

"없습니다."

"그분이 사라진 지도 벌써 하루 반나절입니다. 이건 순전히 제 생각입니다만 지금까지의 경험을 토대로 생각해 볼 때 그분이 오시기만 하면 이번 일도 해결할 수 있을 것입니다. 쓸데없이 시간을 낭비하는 분이 절대 아니거든요."

다들 고개를 절레절레 흔들고 있을 때 멀린이 다시 나

섰다.

늘 손과 함께 움직이는 사람이라 그런지 손에 대한 확신
이 남달랐다.

"멀린 마법사님의 말씀대로였으면 좋겠소. 물론 나도 그
렇게 믿고 있기는 하지만 말이오."

"어쩌면 적들의 동태를 파악하고 계실지도 모르겠습니
다. 전에 저희에게 이런 말씀을 하신 적이 있었거든요. 적
을 알고 나를 알면 백 번을 싸워도 질 일이 없다고요."

아직 확실한 것은 아무것도 없었지만 다들 손에 대한 믿
음만은 절대적인 것 같았다.

그래서인지 멀린에 이어 벨룸 기사대장도 이렇게 거들었
다.

그런데 바로 그때, 갑자기 누군가가 급히 회의실의 문을
두드렸다.

쿵쿵!

"영주님! 사령관께서 오셨습니다!"

"어서 들라고 해라!"

모두가 애타게 기다리고 있던 손이 마침내 등장한 모양
이다.

그러자 렌탈은 만면에 화색을 띠며 얼른 이렇게 대꾸했
다.

"다들 모여 계셨군요."

"그렇지 않아도 모두 사령관님에 대한 이야기를 나누고 있던 참이오. 대체 어디를 다녀온 것이오?"

회의실에 등장한 숀은 혼자가 아니었다.

그의 뒤에는 한눈에 보기에도 여성임이 뚜렷한 매력적인 몸매의 복면인이 있었으며 그녀의 옆에는 낯선 얼굴의 청년이 파리한 안색으로 고개를 숙인 채 서 있었던 것이다.

렌탈은 그들의 정체도 궁금했지만 숀의 행보가 더 궁금했기에 대뜸 이렇게 물었다.

"귀한 손님을 모시고 왔는데 이거 숨넘어가겠군요. 일단 앉아서 이야기합시다. 참, 그전에 제 동생부터 소개해야겠군요. 앞으로 우리 일에 많은 도움을 줄 사람이기도 합니다. 이리 와라, 욜라야. 이분이 렌탈 남작님이시다. 어서 인사드려라."

"내 이름은 욜라."

표면적으로 볼 때 이곳에서 가장 어른은 렌탈 남작이었다.

욜라도 그것을 뻔히 알고 있었지만 그녀는 이번에도 대뜸 말을 놓았다.

인사가 길어지면 더 기분 나쁜 말이 나올 수도 있었기에 짧게 소개한 것이 다행이라면 다행일 터였다.

그러나 이것만으로도 렌탈 성의 기사들은 모두 분노의 표정을 지었다.

"워낙 험한 일을 해온 친구라 말하는 것이 버릇없으니 그 점은 이해해 주십시오."

"허허… 사령관께서 그리 말씀하신다면 당연히 이해해야겠지요. 다들 그렇게 알게."

"하지만……."

아무리 그래도 이건 아니라는 생각이 든 벨룸이 대뜸 나섰다.

어쨌든 자신의 주군에게 낯선 여자가 말을 함부로 하고 있으니 그냥 참을 수는 없었던 모양이다.

"어허, 내 말에 불만 있나?"

"아닙니다!"

"그럼 뒤로 물러나게. 우리 사령관께서 이유 없이 저러실 리가 없네."

"네……."

이곳에 모여 있는 사람들은 렌탈 성의 핵심 인물이다.

그런 만큼 어느 정도는 숀의 신분이 심상치 않음을 느끼고 있었다.

아무리 아닌 척하려 해도 렌탈이 숀을 대할 때 태도를 보면 티가 났던 것이다.

게다가 숀은 벨룸에게도 하늘과 같은 사람이었기에 순순히 물러날 수밖에 없었다.

"어쨌든 이번에 내 동생이 세운 공은 결코 작지 않소. 일반 세속적인 예의범절로 따진다면 문제가 없는 것은 아니지만 그렇다고 우리에게 해를 끼칠 사람은 아니니 다들 그런 일은 접어두기로 합시다. 지금은 그것보다 더 중요한 문제가 있지 않겠소?"

"물론이오. 그런데 저 뒤에 계신 분은 누구요?"

숀의 말에 렌탈이 얼른 동조하고 나섰다.

괜히 같은 이야기가 반복되면 숀도 짜증이 날 수 있다고 생각한 탓이다.

그랬기에 일부러 화제를 다른 곳으로 돌리기 위한 질문을 던졌다.

"후후……. 이 사람이 바로 크롤 백작입니다."

"뭐, 뭐라고요?"

"말도 안 돼!"

숀의 입에서 모두가 기절할 만한 이름이 튀어나왔다.

2

검을 잡게 되면 그 순간부터 전쟁에 관한 이야기를 수도 없이 많이 듣게 된다.

검을 잡는 이유 자체가 알고 보면 전쟁을 대비하기 위해서니 당연하지 않겠는가.

그랬기에 최고의 기사가 되려면 과거의 전쟁을 되돌아보며 수많은 연구를 해야만 한다.

그래야 실제로 전쟁이 일어날 경우 그에 걸맞은 전략과 전술을 세울 수 있기 때문이다.

하지만 전쟁이 일어나는 순간 상대 진영의 우두머리를 납치했다는 이야기는 그 어떤 기록에서도 찾아볼 수 없었다.

암살을 시도하는 경우는 종종 있을 수 있지만 그것도 성공할 확률이 희박할 텐데 납치라니…….

주위에 기라성 같은 기사들과 엄청난 수의 병사가 겹겹이 둘러싸고 있는 사람을 어떻게 납치할 수 있겠는가.

절대 말이 되는 이야기가 아니었다.

"사령관님, 농담이 너무 지나치신 것 같습니다. 옷차림은 그럴듯하지만 크롤 백작일 리가 없잖습니까?"

"허허……. 저자가 진짜 크롤이라면 좋겠구려. 그럼 단숨에 전쟁을 끝낼 수 있을 테니까 말이오."

이런 것이 상식이었기에 벨룸도 또 렌탈도 손이 가리킨

사람이 절대 크롤일 리가 없다고 생각했다.

대신 크롤과 비슷하게 생긴 자를 이용해 뭔가 색다른 작전이라도 짜려는 것이 아닐까 하고 어렴풋이 짐작해 볼 뿐이었다.

"이자는 크롤 백작이 맞습니다. 이번 전쟁을 쉽게 끝내는 것은 물론, 앞으로의 작전을 위해서도 필요한 존재인지라 어쩔 수 없이 슬쩍 데려왔지요."

"그, 그럴 수가……."

손이 진지한 말투로 부연 설명을 하자 모두는 너무 놀라 아무런 말도 하지 못했다. 어떻게 이런 일이 가능하다는 말인가.

"앞으로의 작전은 또 뭡니까? 이번 전쟁 말고도 중요한 일이 또 있는 겁니까?"

"물론이네. 자네는 쳐들어오는 적만 막기 위해 병사들을 훈련시켰다고 생각하는가?"

놀란 가운데서도 벨룸은 손의 말속에 숨어 있는 의도를 감지하고는 이렇게 물었다.

그러자 손은 오히려 그런 그에게 반문을 던졌다.

"그, 그건……."

"우리는 이미 단데스 자작 뒤에 숨어 있던 크리스티안 왕자의 표적이 되었을 뿐 아니라 여기 있는 크롤 백작의 배후인 바스티안 왕자의 표적까지 된 상태네. 지금은 두 왕자가 서로 견제하느라 노골적으로 우릴 핍박하지 못하고 있지만 언제든 보복을 하려고 할 걸세. 그때 가서 그냥 당할 수는 없지 않은가."

"하지만 그렇다고 두 왕자님을 상대로 싸울 수도 없는 노릇 아닙니까?"

"왜 안 되지? 국왕 폐하께서 우리를 버리신다면 몰라도 아직 후계자가 정해지지도 않은 왕자들의 손에 당할 수는 없지. 안 그런가?"

"그, 그건……."

별것 아닌 것 같지만 지금 손의 말에는 엄청난 뜻이 포함되고 있었다.

여차하면 왕자들하고도 싸울 수 있다는 말 아니던가.

그건 자칫하면 훗날 역적으로 몰릴 수 있음을 뜻했다.

그랬기에 그 누구도 더 이상 말을 꺼낼 수가 없었다. 두려웠던 것이다.

"이번 일이 끝나고 나면 우리가 갈 방향을 좀 더 자세히 말해주겠다. 그러니 그때까지는 아무 말도 하지 말고 기다려라."

"사령관님 말씀대로다. 나 역시 무조건 사령관의 뜻에 따를 생각이니 그렇게 알도록."

"네!"

설혹 반역을 해야 하는 상황이 벌어진다 해도 무조건 따라야만 했다.

그들에게는 왕자들보다 당장 눈앞에 있는 주군의 뜻이 더 중요한 탓이다.

그리고 그게 바로 기사의 길이기도 했다.

"감히 왕자님들께 반기까지 들 생각을 하다니…… 당신들 지금 제정신이오?"

"지금 남 걱정할 때가 아닐 텐데? 어차피 당신도 우리와 한배를 탈지 모르거든. 아니, 지금은 그런 이야기를 할 필요도 없겠지. 당장 더 급한 일도 있으니…… 게다가 만나야 할 사람도 있지 않은가."

"정말 가롯 경이 무사한 거요?"

숀과 렌탈 등이 나누는 말을 듣게 된 크롤은 경악할 수밖에 없었다.

아무리 시국이 복잡하고 난해하다 해도 이건 그냥 넘어갈 문제는 아니었다.

그랬기에 자신도 모르게 참견을 했지만 숀은 간단하게 그의 주의를 돌려놓았다.

사람은 누가 됐든 자신에게 닥친 현실이 우선 아니겠는가.

"이제 곧 볼 수 있게 해줄 테니 직접 확인해 보면 알겠지. 자리를 마련해 줄 동안 여기서 기다리게. 영주님, 그리고 다른 분들도 일단 나가시지요. 이곳은 제 아우가 지키고 있으면 됩니다."

"알겠소."

무슨 생각인지 숀은 크롤과 율라만 회의실에 남겨둔 채 모두를 데리고 밖으로 나갔다.

"벨룸 경과 벡스 경은 얼마 전 우리가 준비해 두었던 방으로 가롯을 데려오게."

"알겠습니다."

"그리고 멀린 마법사님은 그 방에 장치해 두었던 것들이 이상 없는지 확인해 보고 바로 보고해 주시오."

"그렇게 하겠습니다."

대화 내용으로 보아 숀은 이미 멀린과 함께 특별한 방을 만들어둔 것 같았다.

아직 이 방의 용도는 알 수 없었지만 가롯을 불러들이고 급히 상태 점검까지 하는 것으로 보아 크롤 백작의 문제와 밀접하다는 것은 짐작할 만했다.

"주군, 무슨 생각으로 저자를 잡아오신 겁니까?"

"두고 보면 자연스럽게 알 수 있을 테니 영주님께서는 그저 편안하게 구경만 하고 계십시오. 한 가지 힌트를 드리자면 이 일이 잘될 경우 이번 전쟁을 간단하게 종식시킬 수 있을 뿐 아니라 더 좋은 일도 생길지 모른다는 점입니다. 그렇게만 알고 계십시오."

다들 자리를 비우자 렌탈은 공손한 태도로 손에게 이렇게 물었다.

적의 우두머리를 잡아 왔으니 유리해질 것은 분명해 보였지만 아직 어떤 식으로 문제를 풀어갈지는 감이 전혀 오지 않았던 것이다.

"휴우⋯⋯. 주군께서 그렇게 말씀하시니 안심은 됩니다만 궁금증은 더욱 커지는군요. 특히 어째서 가롯과 크롤 백작을 만나게 하시려는 건지 그게 가장 궁금합니다."

"사실 그 부분이 가장 재미있는 장면이 되겠지요. 그리고 그동안 어째서 가롯을 그렇게 잘 먹이고 편히 쉴 수 있도록 한 것인지도 알게 되실 겁니다."

렌탈은 답답해 죽을 지경이었지만 손은 오히려 그의 그런 모습이 재미있다는 듯 빙그레 웃으며 이렇게 대꾸했다.

이럴 때 보면 짓궂은 악동 같았다. 어쨌든 그러는 사이 조금 전에 사라졌던 측근들이 돌아와 보고를 했다.

"가롯을 데려다 놓았습니다."

"멀린 마법사님은 어떻소?"

"아무 이상 없습니다. 걱정하지 마시고 계획대로 진행하셔도 될 것 같습니다."

"다들 수고하셨소. 자, 그럼 이제부터 재미있는 공연을 시작해 봅시다. 하하!"

멀린은 이 일의 전말을 알고 있는 것 같았지만 다른 사람들은 모두 얼떨떨한 표정이었다.

원래부터 숀의 꿍꿍이는 알 수가 없었지만 이번 일은 그 정도가 더한 것 같았다.

뜬금없이 크롤 백작을 잡아온 것만 해도 머리가 지끈거릴 판인데 그와 먼저 잡아들였던 가롯을 만나게 해서 대체 무엇을 얻으려고 하는 것일까?

몇 번을 생각하고 또 생각해 보아도 알 수 없는 일이었다.

3

─내가 가롯과 대화하는 것을 크롤 백작에게 보여주기만 하면 된다. 아주 간단한 거지.

숀의 지시에 따라 렌탈 남작을 비롯한 측근들은 크롤과 함께 '그 방'으로 들어섰다.

벽을 사이에 두고 가롯과 대치하게 된 이 방 안에는 특수

한 거울이 있었다.

바로 매직미러(magic mirror)라 불리는 것이었다.

이 거울은 크롤을 비롯한 측근들이 있는 쪽에서는 반대
편이 보이지만 그쪽에서는 거울로만 느껴지는 효능이 있었
다.

이 거울은 무려 천 년 전, 고대 마법 중흥기가 한창이던
시절 괴짜 실용 마법사인 사이언스 벌룬이라는 사람이 발
명했었다.

그러나 당시에는 주목을 받지 못했기에 만드는 법을 단
한 사람에게만 전해 주었다고 한다.

그 사람은 자신의 후계자에게만 이 방법을 전해 주었고
그게 결국 멀린에게까지 이어졌던 모양이다.

숀은 얼마 전 멀린과 이런저런 대화를 나누다가 우연히
그가 그런 거울도 만들 수 있다는 것을 알게 되었고 그 덕
분에 이번 작전도 세울 수가 있었던 것이다.

"이쪽으로 앉으시오."

"고맙소."

방 안에 들어서자마자 멀린이 크롤 백작에게 자리를 권
했다.

그렇게 크롤이 자리에 앉는 것을 확인한 멀린은 벽 한쪽
에 튀어 나와 있던 스위치를 슬쩍 눌렀다. 그러자 놀라운

일이 일어났다.

"저, 저 사람은 가롯 단장 아니오!"

"맞소. 우리 사령관님 말씀에 의하면 지금부터 당신이 꽤 흥미를 느낄 만한 대화가 오갈 거라고 하니 잘 들어보시오."

방 안에 들어설 때만 해도 평범한 벽면이 갑자기 밝아지면서 벽 뒤쪽 모습이 한눈에 들어왔던 것이다.

그리고 그 순간 크롤이 발견한 것은 유리 너머에서 푹신해 보이는 소파에 앉아 차를 마시고 있는 블랙 기사단장 가롯이었다.

자신은 며칠 동안 내내 걱정을 했는데 정작 본인은 저렇게 편안히 있었다니…….

왠지 모를 분노가 왈칵 솟구치는 순간이다.

그래서인지 크롤은 멀린의 말에도 그냥 얌전히 있을 수만은 없었다.

"이것 보시오, 가롯 경! 대체 거기서 무엇을 하고 있는 게요!"

"여기서 아무리 소리쳐 봤자 저쪽에는 들리지 않소. 물론 우리 모습이 보이지도 않소. 그러니 지금은 그냥 가만히 지켜보기만 하시오."

벌써 흥분한 상태이니 멀린의 말이 귀에 들어올 리가 없었다.

그는 일어선 채 어쩔 줄을 몰라 하며 다시 한 번 큰 목소리로 가롯을 불렀다.

"이것 보시오! 가롯 경!"

슈욱~!

"얌전히 있으라고 했다."

"으음...... 알, 알겠소."

크롤의 그런 모습을 보고 다들 어떻게 해야 한다는 생각이 들던 그때, 갑자기 섬뜩한 소리와 함께 한 자루의 검이 그의 목으로 날아가다가 아슬아슬한 곳에서 멈추어 섰다.

바로 아무 말도 없던 욜라의 검이다.

이미 그녀의 잔인함(?)을 충분히 느껴보았던 크롤인지라 그는 결국 순순히 자리에 앉고 말았다.

그리고 바로 그때, 거울 너머에 있는 방으로 누군가가 들어섰다.

"여기 있었군."

벌떡!

"헛! 사, 사령관님......."

바로 손이었다.

하긴 가롯으로 하여금 보는 것만으로도 두려움을 느끼게

할 사람은 그 말고는 없을 터였다.

어쨌든 신기한 일은 크롤 백작이 있는 쪽에서는 소리를 고래고래 질러도 들리지 않던 소리가 반대쪽으로는 너무도 선명하게 잘 들린다는 점이었다.

이게 바로 매직미러가 가진 또 하나의 신기함이다.

"당신에게 다시 한 번 한 가지를 확인하기 위해서 왔소. 설마 이제 와서 오리발을 내밀 생각은 아니겠지요?"

"그, 그야 당연하지요. 저는 이미 모든 것을 실토했던 사람 아닙니까? 이렇게 저를 극진히 예우를 해주시고 계시는데 제가 거짓말할 이유는 없습니다."

가롯이 여기까지 말을 하자 크롤의 표정이 더욱 굳어졌다.

테우신 백작의 기사들 가운데서도 초특급이라고 할 수 있는 가롯이 적장에게 중요한 비밀을 발설한 것 같았으니 그럴 만도 했다.

하지만 이때까지도 그는 가롯의 입에서 자신과 밀접한 이야기가 나오리라고는 전혀 예상하지 못하고 있었다.

"아주 마음에 드는 말씀이오. 그럼 묻겠소. 당신들 테우신 영지군들은 모두 몇 명이나 이곳으로 왔소?"

"제가 이끌고 있는 블랙 기사단 일백 명과 기마부대 사백 명 그리고 보병을 비롯해 각종 공성 무기를 다룰 줄 아는 특수부대원이 모두 칠백 명입니다. 거기에 5서클 마법사인 칼베르토의 마법병단이 몇 명 있습니다."

이미 잡혔던 날 손에게 죽기 직전까지 맞아가며 실토했던 내용이다.

그런 이상 굳이 감출 이유가 없었다.

오히려 그랬다가 미운 털이라도 박히게 되면 자신의 처지가 상당히 처참해질지도 모른다.

그랬기에 가롯은 무척이나 솔직 담백한 말투로 모든 것을 술술 불었다.

"저, 저럴 수가……. 저 인간이 미친 게로군. 아니지! 당신들 혹시 가롯 경에게 이상한 짓이라도 한 것 아니오?"

"좀 더 자세히 보시오. 우리가 무슨 짓을 한 것 같은지 아닌지……. 눈을 잘 살펴보면 그 정도는 충분히 알 수 있소. 만일 마약 같은 것을 먹였거나 흑마법이라도 걸었다면 눈동자가 풀려 있을 것이오. 마침 당신과 저자는 정면으로 마주하고 있으니 잘 보일 것 아니오."

"으음……."

크롤 백작이 가롯에 대해 많은 것을 알고 있는 것은 아니다.

숙부가 거느리고 있는 기사이기는 해도 그 역시 가롯을

만난 것은 이번이 처음이었기 때문이었다.

하지만 명색이 기사인 데다가 처음 등장할 때부터 그렇게 자신만만했던 기사가 적군에게 저런 태도를 보인다는 것은 믿을 수가 없었다.

그랬기에 자신도 모르게 한마디 했건만 멀린의 대답으로 인해 그것이 억지였음을 금방 깨달을 수 있었다.

멀린의 말대로 지금 가롯의 모습은 너무 멀쩡하다 못해 편안해 보일 정도였던 것이다.

"그럼 크롤 영지를 전복시키려고 했던 시점은 언제요? 우리 렌탈 영지를 공격해서 승리를 취한 다음이오?"

"사실은 공격 직전에 크롤 영지부터 집어삼킬 계획이었습니다."

"뭣이라고!"

다시 숀이 이런 질문을 하자 가롯이 진지한 표정으로 대답했다.

얼핏 보면 앞의 대화가 계속 이어지는 것 같았지만 크롤의 입장은 완전히 달랐다.

군대의 비밀을 누설하는 것이 문제가 아니라 자신의 영지를 집어삼키겠다고 했으니 얼마나 황당했겠는가.

숀이 이야기했을 때는 전혀 믿을 수 없었지만 지금은 달랐다.

그리고 그가 더 발작하려는 순간에도 이야기는 계속 진행되었다.

그랬기에 크롤은 치밀어오르는 화를 삭이며 그다음 대화에 귀를 기울였다.

"우리를 공격하기 전에 크롤 영지를 전복시키는 계획은 위험해 보이는데? 만일 그랬다가 남아 있던 병사들이 끝까지 저항하게 되면 당신들 피해도 만만치 않을 것 아니오."

"제가 기습을 나섰다가 잡히는 바람에 작전이 틀어지기는 했습니다만 원래대로라면 렌탈 영지를 치는 날 병력을 둘로 나누어 진군시킬 계획이었습니다. 물론 선봉에는 크롤 영지군이 섰겠지요. 자신들의 전쟁이니 당연한 것 아니겠습니까? 그리고 선봉이 어느 정도 진군을 하고 나면 후방에 남아 있던 우리 병력들이 순식간에 크롤 영지를 점령했을 겁니다. 그런 다음 렌탈 영지군과 교전이 일어나면 자연스럽게 나머지 크롤 영지군들을 함정에 빠트리기만 하면 일은 간단하게 해결되지 않겠습니까?"

부르르…….

가롯의 이야기가 여기까지 진행되자 크롤 백작은 두 주먹을 불끈 쥐었다.

그리고 온몸을 부들부들 떨기 시작했다.

그래도 명색이 작은 아버지인데 조카인 자신을 죽음으로 몰아넣고 영지마저 빼앗을 계획을 세우다니…….

　도저히 용서할 수가 없었다.

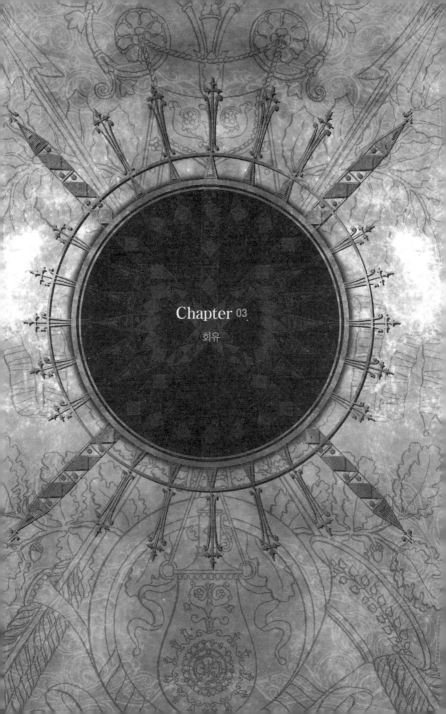

Chapter 03
회유

건들면 죽는다

1

크롤 백작이 가롯과 칼베르토 마법사의 흑심을 알게 되
던 그때, 크롤 영지군과 테우신 지원군 연합은 가까스로 혼
란을 진정시키고 있었다.

"이제 어떻게 하는 게 좋겠습니까?"

"어떻게 하기는……. 일단 렌탈 영지를 향해 진군을 계속
해야겠지. 그래야 어디로 실종하셨는지는 몰라도 크롤 백
작께서 쉽게 찾아올 것 아니오?"

현재 크롤 백작이 사라진 지금 연합군 내에서 가장 지위
가 높은 사람은 칼베르토라고 할 수 있었다.

이미 크롤 영지군의 총사령관이었던 기사 더그한은 먼젓번 공격 때 잡혀서 현재는 렌탈 영지군이 된 상태였으며 테우신 지원군의 사령관이었던 가롯도 잡혀 있으니 그럴 수밖에 없었다.

크롤 영지군의 훈련대장이었던 기사 볼프가 있기는 했지만 그와 5서클 마법사인 칼베르토를 비교할 수는 없었다.

그랬기에 지금도 질문을 던진 기사 볼프는 지극히 공손한 반면, 대답을 하고 있는 칼베르토는 거만한 태도를 보이고 있는 것이다.

"알겠습니다. 그럼 다시 진군을 하도록 지시하겠습니다."

"그렇게 하시오."

"전 부대는 렌탈 성을 향해 전진하라!"

"전진하라!"

두두두두!

아직까지 크롤 백작이 사라진 사실은 지휘부 몇 사람만이 알고 있었다.

그것만으로도 전 부대가 거의 하루 이상을 들판에서 헛된 시간을 보내고 말았다.

그러니 어찌 병사들에게 알릴 수 있겠는가.

상황을 정확히 파악하기 전에는 절대 그런 일이 일어나

게 해서는 안 되었다.

그리고 그런 비밀을 유지하기 위해서라도 일단 진군은
해야만 했다.

"호오……. 역시 주군의 예상대로군요. 정확히 하루를
멈추었다가 출발하고 있네요."

"그러게 말입니다. 아무튼 여러 가지로 사람 놀라게 하는
재주가 많으신 분이라니까요."

그런 모습을 멀리서 보고 있는 무리가 있었다. 바로 밤그
림자 사람들이다.

총수 소피아가 들고 있던 망원경을 내리며 이렇게 한마
디 하자 둘째 장로 콘라드가 바로 맞장구를 쳤다. 이들이
말하는 주군이 손임은 이야기할 필요도 없었다.

"지금 감탄만 하고 있을 때가 아닙니다. 어서 우리도 움
직여야지요."

"그러네요. 어서 움직입시다."

"네!"

그럴 때 첫째 장로 베네딕트가 소피아에게 얼른 시간이
촉박함을 알렸다.

그러자 그녀와 다른 장로들도 서둘러 말을 몰기 시작했
다.

그러더니 조금 뒤쪽에 잔뜩 모여 있던 밤그림자 대원들

에게 다가갔다.

"다들 자신이 할 일은 제대로 숙지하고 있겠지?"

"네! 총수님!"

"좋아, 그럼 모두 각자의 자리로 돌아가 신호를 기다려라!"

"알겠습니다!"

그곳에서 소피아는 대원들에게 이런 명령을 내렸다. 보아 하니 벌써 준비한 일이 있는 모양이다.

어쨌든 명령을 받은 대원들은 일사불란하게 삼삼오오 짝을 맞춰 인근에 있는 언덕으로 급히 올라갔다.

가만 보니 이곳 지형은 협곡으로 이루어져 있었다.

게다가 크롤 영지군과 테우신 지원군 연합의 달리는 방향으로 보아 이쪽으로 오는 것이 확실했다.

비록 아주 깊은 협곡은 아니었지만 잘만 하면 그들을 꽤나 곤경에 빠트릴 수도 있을 것 같았다.

"대체 주군께서는 어떻게 저들이 이쪽으로 올 거라는 것을 알고 계셨을까요? 여기는 크롤 영지에서 렌탈 영지로 이어진 길 중에 가장 좋지 않은 곳이잖아요."

"저도 그게 신기하던 참입니다. 혹시 크롤 영지 안에 첩자라도 심어놓은 게 아닐까요? 그것도 간부들 사이에 말입니다."

일단 대원들 배치가 끝나고 나자 또다시 소피아가 이렇게 말을 꺼냈다. 그러자 이번에는 셋째 장로 던컨이 그 말을 받았다.

"크롤 영지의 간부들 사이에 스파이를 심는 것은 불가능합니다. 얼마 전 전쟁에서 이미 많은 기사와 병사를 빼앗긴 곳이라 낯선 사람을 쉽게 받아줄 리가 없거든요. 그것도 간부급이라면 더더욱 말입니다."

"하지만 그렇다면 말이 안 되잖아요? 전쟁터로 가는 병사들의 진군로는 그야말로 극비 중의 극비인데 일반 병사들이 알 리가 있나요."

욜라와 같이 엄청난 능력을 가진 어쎄신이 손의 눈과 귀가 되어준다는 사실을 모르고 있는 소피아와 장로들에게는 손이 적들의 진군 방향을 정확히 알고 있다는 것이 그야 말로 수수께끼였다.

그렇다고 지금처럼 중요한 상황에서 그것만 따져보고 있을 수는 없었다.

"총수님! 적들이 보이기 시작합니다!"

"알겠어요. 그대로 대기하세요!"

"네!"

그들이 이야기를 하고 있는 동안에도 전방을 뚫어지게 주시하고 있던 켄신이 이렇게 소리 질렀기 때문이다.

켄신은 이제 밤그림자 내에서 장로들 다음으로 중요한 역할을 맡고 있었다.

그는 훈련 대장 부몬과 동급인 돌격 대장이 되었던 것이다.

손이 방문했을 당시 보여주었던 배짱과 용기 덕분에 초고속 승진 중인 그였다.

아무튼 그의 한마디는 총수와 장로들까지 긴장시켰다. 지금이 가장 중요한 순간인 탓이다.

"주군께서 우리에게 맡긴 시간은 만 하루예요. 하루만 저들의 발길을 잡아놓으면 우리 임무는 성공하는 것이지요."

"아, 그래서 이런 작전을 선택하신 거로군요? 전 또 아예 저들과 생사 대결을 벌여야 하는 것인 줄 알고 바짝 긴장했습니다. 괜히 우리만 희생양이 되는 것이 아닐까 싶었거든요."

손에게 명령을 받았던 소피아는 그 내용을 장로들에게도 말하지 않은 상태였다.

그들을 믿지 못해서가 아니라 미리 말했다가 조금이라도 작전에 차질이 생길까 우려가 되어서였다.

그 바람에 첫째 장로 베네딕트는 이런 오해까지 하고 있었다.

하긴 밤그림자 대원들 가운데 전투를 할 수 있는 사람은 모두 합쳐 이백 명이 채 되지 않는다.

그들은 상술이 뛰어나고 정보 수집에는 상당한 능력을 발휘할 수 있었지만 직접적인 전투 능력은 대단한 편이 아니었다.

반면 연합군은 무려 천이백 명이 넘으니 어찌 긴장하지 않았겠는가.

"호호호……. 죄송해요. 하지만 첫째 장로님도 답답하시네요. 설마 우리 주군께서 우리만 사지로 내몰겠어요?"

"하긴 그것도 그러네요."

그 모습을 보고 소피아가 웃으며 이렇게 말했다. 그러자 베네딕트는 고개를 끄덕이며 그녀의 말을 인정했다.

"사실 주군께서 렌탈 영지군이 있는데도 이번 임무를 우리에게 맡긴 것은 다 나름대로 뜻이 있어서예요."

"어떤 뜻을 말씀하시는 겁니까?"

그 모습을 보던 소피아가 다시 나지막한 목소리로 말을 덧붙였다.

"그건 바로 우리가 자연스럽게 공을 세울 수 있게 하려는 것이지요. 그래야 앞으로 우리 입지가 더욱 편안해질 테니까요."

"아, 그런 깊은 뜻이 있었군요."

"자, 알았으면 어서 우리도 뭔가를 보여주자고요! 모두 준비하라!"

"준비하라~!"

손의 의도를 알게 된 베네딕트가 감탄했다는 듯 고개를 끄덕이자 소피아가 갑자기 정색을 하며 밤그림자 대원들에게 큰 목소리로 명령을 내렸다.

그리고는 언덕 끝자락으로 이동해 서서는 전방을 주시했다. 아래는 상당히 깊은 협곡이었는데도 무섭지 않은지 무척이나 당당한 모습이다.

"거의 다 와가요. 장로님들도 준비해 주세요."

"저희는 이미 준비를 끝낸 상태입니다."

"우리 임무는 적들을 혼란에 빠트려 움직이지 못하도록 하는 것이니 절대 무리하시면 안 됩니다."

"알겠습니다!"

여기까지 이야기하고 나자 소피아는 곧 오른손을 번쩍 치켜들었다. 그렇게 잠시의 시간이 흐르던 어느 순간,

"지금이다! 공격하라!"

"공격하라!"

"꿍차!"

마침내 소피아의 손이 내려가며 공격 명령이 떨어졌다.

그러자 협곡 끝에 바위를 세워 놓은 채 대기하고 있던 밤그림자 대원들은 일제히 바위를 떨어트리기 시작했다.

2

멀린은 일부러 실내의 조명을 어둡게 만들었다. 이럴 때
는 약간 어두운 것이 낫다고 생각한 모양이다.

"이제 내가 했던 말이 거짓이 아님을 알겠소?"

"크윽……. 대체 당신은 이 사실을 어떻게 알게 된 거
요?"

유도신문을 통해 가롯이 직접 모든 사실을 털어놓게 만
든 숀은 기가 막힌 쇼가 끝나고 나자 멀린과 올라만 대동한
채 크롤 백작을 별실로 끌고 가 이렇게 말을 시작했다.

그를 납치했을 때만 해도 반말을 하며 함부로 대하더니
지금은 그나마 예의를 갖추었다. 그 덕분인지 크롤도 아까
보다는 좀 더 솔직한 감정을 보이고 있었다.

"지원군이 당신네 영지로 온다는 소식을 듣고 내 옆에 있
는 아우가 슬쩍 달려갔다가 어쩌다 가롯과 칼베르토 마법
사의 대화를 엿들었던 모양이오."

"그랬군요……. 결국 늑대를 물리치기 위해 집안으로 사
자를 불러들인 꼴이로군. 하하… 하하하……."

숀의 말을 듣고 허탈했는지 크롤은 이런 말을 하면서 힘
없이 웃었다. 자신의 처지가 한심했던 모양이다.

"원래는 이번 전쟁에서 당신과 지원군 모두를 몰살시킬 계획이었소. 자꾸 덤벼드는 적을 너그럽게만 대하면 같은 일이 반복되거든. 하지만 그 사실을 알게 된 이후 생각을 수정할 수밖에 없었소."

"어떻게 말이오?"

자신들을 몰살시키려 했다는 말을 들었음에도 크롤은 그다지 화가 나지 않았다.

어쨌든 처음 시작은 자신이 했던 것이고 숀과는 적대 관계 아니던가.

그러니 그렇게 이야기할 수도 있다는 생각이 든 것인지도 몰랐다. 그러나 그 다음 말에는 호기심이 생길 수밖에 없었다.

"갑자기 당신이 안 됐다는 생각이 들더군. 아니, 이런 기회를 그냥 놓치기 싫었다는 것이 정답일 거요."

"기회를 놓치기 싫다는 것은 또 무슨 소리요?"

처음에는 너무 허탈해서 되는 대로 대답을 하던 크롤은 점점 숀의 말에 빠져들기 시작했다.

이상하게 숀의 이야기를 듣고 있다 보면 자꾸만 그다음 말이 궁금했던 것이다.

"단도직입적으로 말하겠소. 당신이 복수할 수 있도록 해 줄 테니 내 사람이 되시오."

"뭐라고? 당신 지금 나랑 농담하자는 거요? 내 비록 어쩌다 포로 신세가 되었지만 명색이 백작이오. 폐하께서 인정한 몸이란 말이오. 그런 내가 당신 수하가 될 것 같소?"

죽으면 죽었지, 절대 들을 수 있는 말이 아니었다.

그는 아직도 손의 정체를 모른다.

그런데 어찌 그의 아래로 들어갈 수 있겠는가.

자존심이 하늘을 찌르던 크롤이었기에 더욱 이 제안에 반발할 수밖에 없었다.

"당신의 지위를 빼앗으려는 게 아니오. 그리고 나는 그럴 만한 자격이 있소. 또한 만일 당신이 내 사람이 되지 않는다면 절대 복수는 할 수 없을 것이오. 복수는커녕 영지마저 빼앗기게 될 거요."

"당신이 누구인데 감히 나를 수하로 삼을 자격이 있다는 거요? 그것부터 말해보시오."

속은 부글부글 끓었지만 크롤은 최대한 자제했다.

상대가 저렇게까지 자신만만한 것을 보면 뭔가 있기는 있다는 생각이 들었던 것이다.

"첫째, 방금 전에 말했듯이 나는 당신의 복수를 철저하게 도와줄 수 있소. 그리고 둘째, 당신이 이번에 첫째 왕자 바스티안에게 실수한 것으로 인해 더욱 상황이 나빠진 것을 바꿔줄 수도 있소. 지금보다 더 나은 입지를 세워줄 수 있다는 말이오. 그리고 마지막으로 세 번째…… 나는 당신을 거느릴 만한 신분을 가지고 있소. 그럼 된 것 아니오?"

"지금까지 당신이 보여준 능력이 대단한 것은 인정하오. 그러나 겨우 나를 이긴다고 해서 테우신 백작까지 만만하게 여기는 것은 경솔한 것 같소. 바스티안 왕자님에 대한 말도 그렇소. 그분이 가지고 있는 힘을 제대로 알고 있기나 한 거요? 그리고 마지막으로 나를 거느릴 만한 신분을 가지고 있다는 말은 아예 납득이 되지 않소. 미리 말하지만 나는 폭력이나 협박으로 움직일 수 있는 사람이 아니오. 물론 먼젓번처럼 심하게 고통을 가하면 당장 그럴 것처럼 행동할지는 모르오. 그러나 내 마음까지는 굴복하지 않을 거요."

크롤의 대답을 들으며 멀린과 욜라는 답답했다.

차라리 두들겨 패서 복종하게 만든 다음 크롤 영지를 정리해 버리는 게 가장 간단할 것이라는 생각이 들었다.

특히 멀린은 그게 훨씬 손답다고 여겼다.

아직 그의 깊은 뜻을 이해할 수 없었기 때문이다.

"나도 만약 당신이 쉽게 내 사람이 된다고 했다면 실망했을 거요. 나는 줏대가 있는 사람을 좋아하거든. 이렇게 합시다. 현재 당신 영지군과 테우신 백작의 지원군들은 여전히 이곳을 향해 오고 있소. 만약 내가 단독으로 그들을 막는다면 내 말을 믿겠소?"

"그, 그게 무슨 소리요? 당신 지금 제정신이오? 나 한 사람이 빠졌다고 해도 아니, 가룻 단장과 블랙 기사단이 없다고 해도 연합군의 병사들은 그 숫자만 해도 일천이백 명이오. 게다가 거기에는 무려 5서클의 마법사와 그를 보좌하는 마법 병단도 있소. 그런 그들을 혼자 막는다고? 그게 지금 말이 된다고 생각하시오?"

숀의 황당무계한 말에 크롤은 그야말로 어처구니가 없었다.

연합군이 애들로만 구성되어 있다고 해도 혼자 막을 수 있는 숫자가 아니었다.

사실은 현재 렌탈 영지군이 모두 동원된다고 해도 막을 수 있다고 장담할 수도 없을 만큼 막강한 전력이라고 해야 했다.

그런데 혼자 막겠다니⋯ 미치지 않고서는 할 말이 아니었다.

"나 역시 그들을 모두 죽일 생각은 없소. 단지 그들로 하여금 싸울 의욕을 빼앗겠다는 말이지. 만일 내가 그렇게 한다면 당신은 내 뜻에 따를 것인지만 대답하시오."

"어떤 내기든 공평해야 하는 것 아니오? 만일 당신이 그렇게 못한다면 나에게 무엇을 해줄 것이오?"

이야기가 점점 재미있어지고 있었다.

두 사람의 이야기를 듣고 있는 멀린과 욜라는 대체 이 일을 어떻게 받아들여야 할지 갈피를 잡을 수가 없었다.

'주인님의 능력이 대단한 것은 알고 있지만 이건 너무 무리한 조건 아닐까? 일백 명이라면 가능할 것 같지만 무려 일천이백 명이나 되잖아. 휴우…… 알면 알수록 그 속을 도무지 이해할 수 없는 분이라니까.'

멀린은 이렇게 생각했으며,

'알고 보니 내가 미친 사람을 형으로 삼았구나. 고금 전사(戰史)를 모두 통틀어 보아도 이런 경우는 없었다. 그 누구도 이런 일을 생각해 본 적 없을 것이다. 일천이백 명이나 되는 대병력을 혼자서 막겠다니…… 아니, 그냥 막는 것이 아니라 그들의 전의를 상실하게 만들겠다니…… 미쳤어. 미쳐도 단단히 미친 거야. 하아…….'

욜라는 속으로 한숨까지 쉬며 이런 생각을 하고 있었다.

하긴 그나마 멀린은 슌의 믿을 수 없는 능력을 여러 차례 경험해 보았지만 욜라는 아직 빙산의 일각도 보지 못한 상황 아니던가. 그러니 그럴 만도 했다.

"만일 내가 그들을 항복시키지 못한다면 당신과 가롯, 그리고 블랙 기사단을 풀어주는 것은 물론 전에 잡았던 더그한과 당신 영지군들까지 모두 돌려주겠소. 그럼 됐소?"

벌떡!

"그, 그게 정말이오?"

워낙 믿을 수 없는 제안에 너무 놀란 크롤은 자신도 모르게 자리에서 벌떡 일어나고 말았다.

오죽 했으면 멀린과 욜라까지도 입을 딱 벌린 채 굳어버렸겠는가.

"나는 한입으로 두말하는 사람이 아니오. 이제 당신 대답이 남았소. 내가 그렇게 한다면 당신은 내 수하가 될 거요?"

"당연하오. 만일 당신이 성공한다면 당신이 시키는 일은 무엇이든지 하겠소. 대신 당신도 약속을 지켜주시오."

"물론이오."

결국 이렇게 해서 전에도 없었고 앞으로도 절대 일어날 수 없는 엄청난 내기가 성립되어 버렸다.

Chapter 04

말도 안 되는 내기

건들면 죽는다

1

"대체 어쩌려고 그런 내기를 하셨습니까? 단독으로 그런 대군을 상대하시겠다니요!"

"어허……. 그렇게 소리 지르지 마시오. 무섭소."

숀의 내기 이야기를 전해 들은 렌탈 남작은 망연자실하고 말았다.

겨우 힘들게 여기까지 왔건만 자칫하면 하루아침에 모든 것을 잃을 수도 있는 상황이 되어 버렸으니 그럴 만도 했다.

그랬기에 자신도 모르게 언성이 높아졌다.

손도 약간은 미안했던지 고개를 긁적이며 너스레를 떨었다.

"휴우……. 어차피 저희는 주군께서 결정하시면 그대로 따라갈 수밖에 없는 사람들입니다만 그래도 그런 문제는 제게도 미리 상의를 하셨어야지요."

"미안하오. 나도 그러고 싶기는 했소만 그랬다면 이런 내기를 하지도 못했을 거요. 영주께서 적극적으로 말렸을 테니 말이오."

지금 실내에는 멀린과 욜라 그리고 렌탈이 전부였다.

손은 렌탈이 어이없어 할 것을 미리 예상했는지 다른 사람들은 부르지 않고 렌탈만 불러들였던 것이다.

어차피 이런 이야기는 곧 영지 전체로 퍼져 나갈 테지만 지금은 일단 조용히 이야기하는 것이 낫다고 생각했는지도 모른다.

"당연히 말렸겠지요. 주군의 잘못을 무조건 덮어주는 것만이 능사는 아닙니다. 때에 따라서는 올바른 간언도 해야 하는 것 아니겠습니까?"

"그건 나도 인정하오. 하지만 이런 경우는 좀 다르오. 왜냐하면 영주께서는 아직 나의 능력을 모두 알고 있는 것이 아니기 때문이오. 충분히 할 수 있는 일인데도 지금처럼 말리기만 한다면 오히려 일에 방해가 되지 않겠소?"

"그, 그게 무슨 말씀이신지……. 설마?"

렌탈이 한참 흥분해서 말을 하는 동안 멀린과 욜라도 은 연중 그의 말에 동조를 하고 있었다. 구구절절이 옳다고 생각한 탓이다.

그런데 그랬던 그가 갑자기 말을 더듬더니 뭔가를 깨달은 듯 눈을 크게 뜨며 놀란 표정을 지었다.

우스운 건 동시에 멀린과 욜라도 비슷한 반응을 보이고 있다는 점이다.

"맞소. 나는 승산 없는 내기를 하는 사람이 아니오. 그리고 수가 많다고 무조건 전쟁에서 유리한 것은 아니지 않소? 적들의 심리를 잘 이용하면 그들을 단숨에 제압하는 것도 그리 어려운 것은 아니요. 지난번 크롤 영지와의 첫 번째 전투도 알고 보면 비슷한 원리라고 할 수 있소. 그러니 너무 걱정하지 말고 일단 날 믿어보시오."

"그럼 정말로 혼자 나서실 생각이십니까? 뭔가 별도의 작전 같은 것도 없이요?"

손의 말에 세 사람은 모두 넋을 잃고 말았다.

손은 정말로 혼자서 천 명이 넘는 군대와 싸울 작전인 것 같았다.

그랬기에 렌탈은 손을 향해 더욱 간절한 눈빛을 던지며 다시 물어보았다.

손을 믿는 것은 사실이지만 사안이 워낙 엄청났기에 이대로 체념할 수는 없었던 것이다.

"그럴 것 같았으면 애초에 내기를 시작하지도 않았을 거요. 그러나 아직도 나를 믿지 못하는 것 같으니 내가 졌을 경우를 대비한 후속 조치를 알려주겠소."

"세이경청(洗耳傾聽)할 테니 어서 말씀해 주십시오."

아직 손의 진정한 능력을 모르고 있으니 잘못되었을 경우도 생각해 보지 않을 수 없었다.

그런 상황에서 본인이 직접 이런 말을 하니 더욱 솔깃해질 수밖에…….

"내가 내기에서 지게 되면 가롯과 블랙 기사단, 그리고 기사 더그한을 비롯한 크롤 영지군 포로들은 모두 풀어주기로 한 것은 사실이오. 그러나 그들을 그냥 고스란히 보낸다는 조항은 없었소."

"그게 갑자기 무슨 말씀이신지요? 그렇다고 죽여서 시체만 보낼 수도 없는 노릇 아닙니까?"

손의 아리송한 말에 렌탈이 급히 이렇게 반문했다.

그는 이래저래 걱정이었다.

어쩌면 속으로 일을 이렇게 어렵게 만들어놓은 손을 원망하고 있는지도 몰랐다.

"당연히 그럴 일은 없소. 그랬다가는 민심을 잃게 되어 앞으로 대업은 아예 꿈도 꾸지 못하게 될 테니까 말이오."

"그럼 어쩌시려고……."

훗날 셋째 왕자가 등장하고 그가 왕위를 이어 받을 수도 있었다.

그렇게 되면 숀 역시 자연스럽게 태자로 봉해질 것이다.

하지만 그전에 숀이 항복했던 병사들을 학살했다는 것이 알려지면 왕국민들이 등을 돌릴 것은 뻔했다.

숀은 은연중 그런 부분을 거론했다.

"그들의 마나를 모두 제거해서 보낼 생각이오."

"네넷? 마, 마나를 제거한다고요? 그게 정말 가능한 이야기입니까?"

갈수록 태산이라더니 숀의 입에서 또다시 충격적인 말이 튀어나왔다.

지금 렌탈 영지군들은 거의 다 마나를 다룰 수 있게 되었다.

아직 미미한 수준이기는 하지만 일반 병사들과 비교해 보면 최소 서너 배에서 다섯 배 이상 강해진 상태다.

기사 수준에 근접했다고 볼 정도이니 말해 무엇하랴.

그리고 그 점 때문에 렌탈의 걱정은 더 컸었다.

크롤 영지의 포로군은 모두 사백 명이 조금 넘는다.

현재 렌탈 영지군 전력의 반 이상인 것이다.

게다가 그들은 모두 마나를 다룰 수 있기 때문에 그야말로 엄청난 힘이라고 할 만했다.

그런 그들이 다시 크롤 영지군으로 돌아간다면 무슨 수로 그들과 싸울 수 있겠는가.

그런 걱정을 하고 있었는데 갑자기 마나를 제거해서 보내겠다니… 꿈에서나 가능한 일처럼 여겨졌다.

한 번 몸속에 쌓이게 된 마나를 무슨 수로 제거할 수 있는지 도무지 알 수 없었다.

"물론이오. 사백 명이 아니라 사천 명이라도 하루면 모두 없앨 수 있으니 그건 걱정하지 마시오."

"정말 주군께서는 갈수록 저를 놀라게 하시는군요. 대체 그 끝이 어디인지 모를 정도입니다."

"나는 절대 거짓말을 하거나 허풍을 치지 않소. 그건 지금까지 겪어 보았으니 알 것이오. 그마나 이런 말을 해주는 것도 아직 당신들의 믿음이 부족해서요. 나로서는 참으로 안타까운 일이지."

대답을 하면서도 숀은 은근히 렌탈 등이 자신을 믿지 못하는 것에 대한 서운함을 내비쳤다.

그러자 렌탈은 얼른 자세를 바로 하며 다시 입을 열었다.

"주군을 믿지 못하는 것은 아닙니다. 단지, 저희와 같은 보통 사람들이 상상도 할 수 없는 일을 하시려는 바람에 겁정이 된 것뿐입니다. 죄송합니다."

"하하! 아니오. 그 마음은 나도 충분히 짐작하오. 그리고 앞으로는 이런 문제로 또 이야기하지 않도록 이번에는 나의 능력을 똑똑히 보여줄 생각이오."

그들이 죄가 있다면 그저 상식적으로 살아온 것뿐이리라.

숀도 그 점은 알고 있었다. 단지, 자신의 능력이 도가 지나칠 정도로 뛰어나다는 것이 문제라면 문제였다.

그걸 좀 더 감춰야 했지만 이번처럼 욕심이 생기면 굳이 그러고 싶은 생각이 들지 않았다.

그리고 그 이면에는 여기까지는 가도 된다는 계산이 서서 그런 것도 있었다.

"그렇다면 결국 일 대 천의 대결을 하시겠다는 말씀이군요."

"그렇소. 직접 보면 알겠지만 그렇다고 무모한 짓을 할 것은 아니니 안심하시오."

"주군의 뜻이 그러시다면 그렇게 해야지요. 좋습니다. 그럼 저희는 이제부터 무엇을 하면 되겠습니까? 원하시는 일은 무엇이든 할 테니 지시를 내려주십시오."

좋든 싫든 자신이 목숨을 걸고 주군으로 모시게 된 사람이다.

어차피 그런 주군이 하겠다고 하는데 무조건 막기만 할 수도 없었다.

그랬기에 결국 렌탈도 체념하고 아예 손을 도울 수 있는 쪽으로 생각을 바꾸었다.

그것은 멀린도, 그리고 욜라도 비슷했다.

세 사람은 이처럼 비슷한 심정으로 손의 다음 말을 기다렸다.

"당신들은… 무대를 차려 놓고 구경만 하면 되오… 편안하게……."

"아……."

마지막까지 손은 역시 손다웠다.

2

갑자기 쏟아져 내린 바윗덩어리 때문에 한참을 고생하던 연합군은 반나절 만에 협곡에서 겨우 벗어날 수 있었다.

그나마 앞으로 전진하는 것은 불가능하다고 판단하고 뒤로 물러났기에 가능했던 일이다.

만에 하나 계속 앞으로만 나갔더라면 더욱 무서운 공격을 받았을 터였다.

밤그림자는 그럴 때를 대비해 준비해 놓은 것이 많았던

것이다.

"그런데 정말 저들을 죽이지 말라고 하셨습니까?"

"그렇다니까요. 어차피 나중에 써먹을 수도 있는 병사라고 하시며 어지간하면 시간만 끌어 달라고 하셨어요."

적들이 더 깊숙이 들어왔을 때 명령을 내렸다면 엄청난 사상자가 생길 수 있었던 상황이다.

그러나 소피아는 바로 그 직전에 명령을 내렸고 그로 인해 실제로 죽은 병사는 거의 없었다.

그게 불만이었기에 장로들이 따지고 들자 소피아가 웃으며 이렇게 대꾸했다.

"나중에 써먹는다고요? 그 말씀은 저들마저 모두 포로로 잡겠다는 것 아닙니까?"

"제 생각도 그래요."

"허허… 과연 주군다운 발상이십니다. 하지만 그게 정말 가능할까요?"

그녀의 대답을 듣던 첫째 장로 베네딕트가 얼른 이렇게 되물었다. 또 놀란 모양이다.

하긴 기껏해야 칠백 명 정도 되는 병사로 천 명이 넘는 적군을 모두 포로로 잡는다는 발상은 아무나 할 수 있는 것이 아니었다.

"언제는 남들이 할 수 있는 일을 하셨던가요? 단데스 영지군이 쳐들어올 때만 해도 누가 렌탈 영지의 승리를 상상했겠어요? 크롤 영지군의 침공 때는 더욱 불가능해 보였죠. 하지만 그분은 그 어려운 상황을 단번에 뒤집어놓으셨습니다. 그걸 벌써 잊으신 것은 아니겠죠?"

"하긴……."

"그분이 한다고 하셨으면 우리는 그대로 따르기만 하면 됩니다. 자, 저들이 물러나고 있어요. 이대로 그냥 보내면 우리의 작전을 눈치채고 아예 전진을 멈출지도 모릅니다. 그건 주군께서 바라시던 바가 아니니 어서 산발적인 공격을 시작합시다."

"알겠습니다!"

총수 소피아의 말에 장로들은 일제히 큰 목소리로 대답했다.

실제로 적들이 겁을 먹게 되면 매복이 두려워 자꾸만 시간을 지체하게 될 것이고 그렇게 되면 손의 명령을 지키지 못하게 되는 셈이다.

너무 빨리 가게 해서도 안 되지만 그렇다고 너무 늦게 가게 하는 것도 안 되었기에 그들은 재빨리 연합군의 뒤를 따르기 시작했다.

일종의 게릴라전을 펼침으로 인해 적당한 긴장감과 안심을 시켜주기 위해서다.

"정말 큰일 날 뻔했소. 적들이 우리 행군로를 어떻게 알았는지는 모르겠지만 만에 하나 이번 작전을 세운 자가 조금만 더 치밀한 자였더라면 우리는 엄청난 타격을 입었을 거요."

"그렇긴 합니다만 바위가 떨어지던 순간, 재빨리 실드 마법을 펼쳐서 아군을 보호하신 칼베르토 마법사님의 공이 더 큽니다. 그런 대응이 아니었다면 혼란이 가중되어 결국 큰 피해를 입었을 테니까요."

한편, 하마터면 큰 화를 당할 뻔했던 연합군 진영에서는 칼베르토와 기사 볼프가 이런 대화를 나누고 있었다.

그들은 적들이 실수를 해서 자신들이 무사할 수 있었다고 착각하고 있었다.

그게 소피아의 애초 의도였지만 이들이 그런 것을 알 리가 없었다.

"거 뭘 그런 걸 가지고 이야기하시오. 당연한 행동이었을 뿐인데…… 어험… 그나저나 어서 병사들을 독려해서 신속히 이 자리를 뜹시다. 우리를 기습했던 자들이 조용한 것으로 보아 뭔가 더 있을지도 모르오."

"알겠습니다."

확실히 칼베르토는 거만했다.

그러나 볼프는 그런 내색을 전혀 할 수 없었다.

그가 이번에 큰 역할을 한 것은 부인할 수 없는 사실이었기 때문이다.

"부상자들은 후방으로 빼고 나머지는 신속히 이동 준비를 하라!"

"네!"

그렇게 그들은 재빨리 정비를 마치고 다시 이동을 시작했다.

크롤 백작이 돌아오지 않는 이상 다시 성으로 돌아갈 수도 없는 상황이라 길을 돌기는 했어도 여전히 그들의 목적지는 렌탈 영지였다.

그러는 사이 수시로 게릴라전이 벌어졌지만 그들의 전력에 큰 손실이 발생한 것은 아니었다.

"보아하니 별것도 아닌 놈들이 자꾸만 우리의 신경을 긁고 있군. 볼프 대장. 이번에 다시 놈들이 나타나면 최대한 빨리 쫓아가서 모조리 일망타진하는 게 좋을 것 같소."

"그렇지 않아도 언제든 기마 부대가 출동할 수 있는 준비를 시켜놓은 상황입니다. 그런데 혹시 저들이 우리를 유인하기 위해 작전을 쓰는 것은 아닐까요? 적들의 규모가 너무 작은 것이 자꾸 마음에 걸립니다."

칼베르토의 제안에 동조를 하면서도 훈련 대장 볼프는 조심스럽게 자신의 의견을 내놓았다.

그 역시 노련한 기사였기에 충분히 할 수 있는 생각이었지만 칼베르토는 그런 그를 못마땅한 얼굴로 쳐다보다가 다시 입을 열었다.

"이것 보시오! 나라고 그런 생각을 하지 않았을 것 같소? 하지만 적들이 우리를 유인할 목적이었다면 좀 더 많은 병력을 보냈을 것이오. 그래야 우리도 대군을 움직였을 테니까……. 지금 저놈들이 자꾸만 출몰하는 이유는 시간을 끌려는 목적과 우리로 하여금 자꾸만 긴장을 하게 만들어서 진을 빼놓으려는 속셈이 분명하오. 그러니 한시라도 빨리 처리하는 것이 더 낫다, 이거요. 내 말 알겠소?"

"그런 의도가 숨어 있었군요. 제 생각이 짧았습니다. 죄송합니다."

크롤 백작이 사라진 상태였기에 연합군의 통솔은 만만치 않을 수 있었다.

그런 상황에서 칼베르토가 있다는 것은 큰 다행이었다.

최소한 볼프는 그렇게 생각하고 있었기에 그가 아무리 함부로 말을 해도 이처럼 그의 비위를 맞춰주고 있었다. 이런 위기 상황에서는 그것이 현명하다고 판단한 것이다.

두두두두…….

"이놈들 받아라!"

휘익~!

"지금이다! 다들 당황하지 말고 어서 놈들을 쫓아라!"

그런데 바로 그때, 또다시 밤그림자 대원 십여 명이 나타나 연합군을 향해 물 같은 것을 뿌리더니 잽싸게 도주했다.

그러차 볼프는 그 액체가 무엇인지 확인할 생각도 하지 않고 다짜고짜 추격 명령을 내렸다.

그로 인해 대기하고 있던 기마대가 얼른 말의 박차를 가하며 움직이려던 순간, 어디선가 불화살이 날아들었다.

핑! 피핑!

화르륵~~!

"불, 불이다!"

"모두 피해라! 방금 전 놈들이 뿌린 것은 기름이다! 어서 뒤로 후퇴하라!"

이번에는 지금까지와는 달리 화공을 들고 나왔다. 물론 천이백 명이나 되는 대군 앞에 열 명 정도가 기름을 뿌렸다고 해서 피해가 커질 일은 없었다.

하지만 기마대의 발을 묶어놓는 것은 성공이었다.

이처럼 밤그림자 대원들은 적당한 때에 적당한 방법을 동원해 연합군의 행군 속도를 조종하고 있었다.

"이 정도면 주군께서 말씀하신 시간에 도착할 것 같군요. 그러니 더 이상의 작전은 이쯤에서 중지하고 우리도 렌탈 영지로 돌아가도록 해요."

"알겠습니다. 그렇지 않아도 놈들이 독이 바짝 오른 상태라 부담스러웠는데 다행입니다."

멀리서 그 모습을 지켜보던 소피아가 마침내 철수 명령을 내렸다.

숀의 지시를 충실히 지켰으니 더 버틸 이유가 없었다.

방금 대답을 했던 베네딕트의 말대로 더 버티게 되면 밤그림자의 피해도 발생할 수 있었기에 시기적절한 명령이었다.

3

시간이 흐를수록 크롤의 심리는 초조해져만 갔다.

가롯의 입을 통해 작은 아버지인 테우신 백작이 자신의 영지를 집어삼키려 한다는 말을 듣기는 했지만 제정신을 차리고 보니 뭔가 석연치 않았다.

그런 일을 보여준 다음 숀이 자신을 같은 편으로 만들려고 하였기에 더욱 이상했다.

어쩌면 이 안에는 엄청난 음모가 숨어 있을지도 모른다고 생각했다.

하지만 그 후 아무런 문제도 없이 하루가 꼬박 지나고 나자 그의 머릿속은 더욱 복잡해져만 갔다.

"내 계산대로라면 아무리 늦어도 어제 저녁에는 도착했어야 했다. 그런데 어째서 오지 않은 것일까? 설마 이곳 사령관이라는 자의 말처럼 내 영지를 먼저 집어삼키려는 것일까? 아니지, 가롯과 내가 없는 이상 그렇게 쉽게 일을 저지를 리는 없다. 그랬다가는 설혹 내 영지를 장악한다 해도 다른 사람들의 비난은 물론, 왕실에서도 그냥 넘기지 않을 것이다. 어제 가롯의 말대로 내가 전투에서 당한 것처럼 꾸미지 않는다면 말이다."

자신이 갑자기 사라졌으니 당장 렌탈 영지를 치러 올 수도 없었겠지만 그렇다고 해도 벌써 삼 일째이다.

정상적인 상태라면 최소한 렌탈 영지 앞까지 진군한 다음 자신의 행방부터 묻는 게 순서였다.

그런데도 연합군에 관한 소식은 전혀 들려오지 않았다.

그들이 쳐들어왔다면 이곳 영지의 총사령관이라는 사람이 벌써 내기 운운하며 나타났을 터이니 자신이 모를 수는 없었다.

"가만히 생각해 보니 확실히 작은 아버지의 태도는 수상했었다. 내가 찾아가기 직전까지만 해도 연락 한 번 하지 않던 양반이 그날은 마치 기다렸다는 듯이 반겨주었지. 마치 내가 올 것을 미리 알고 있었던 것처럼 말이야……. 그렇다면 혹시 다른 인척들이 나를 도와주려고 하지 않았던 것도 그 양반의 수작 아니었을까?"

생각을 자꾸 하다 보면 전에 그냥 지나쳤던 것들도 새롭게 떠오르는 법이다.

어쩌면 크롤은 이번 시련을 통해 조금씩 성숙해지고 있는 것인지도 몰랐다.

나이는 어느 정도 먹었어도 워낙 고귀한 집안에 태어나 아쉬운 것 하나 없이 살아 왔었으니 얼마나 안하무인격이었겠는가.

이런 사람은 매사를 자신이 편리한 쪽으로만 생각하기 때문에 간단하게 알 수 있는 일도 지나치는 경우가 많을 수밖에 없다. 특히, 인간관계는 더더욱…….

하지만 자신의 모든 것이 한꺼번에 무너질 수도 있는 상황을 맞이하게 되면 달라지는 것이 당연했다.

"으득……. 그게 만일 사실이라면 절대 용서할 수 없다. 이것들이 늦어지는 것도 다른 수작을 꾸미기 위해서겠지. 죽일 놈들……. 하지만 내 처지가 이 모양 이 꼴이니… 빌어먹을!"

그는 지금 연합군이 늦어지고 있는 것도 이번 음모와 관련이 있다고 결론지었다.

그리고 이것이야말로 손이 밤그림자를 내세워 연합군의 이동 속도를 조절하게 했던 가장 큰 이유였다.

지금 크롤을 최대한 동요하게 만들어야 자신의 편으로 끌어들이기가 훨씬 쉽다고 생각한 탓이다. 고도의 심리 전술이었다.

똑똑…….

"누구시오?"

"마법사 멀린입니다."

딸칵…….

그가 자신의 머리를 쥐어뜯으며 이런저런 고민을 하고 있을 때 갑자기 멀린이 찾아왔다.

아직 멀린이 5서클이나 되는 대단한 마법사임은 모르지만 그가 지난번 자신의 영지와 전쟁을 할 때 대단한 공을 세웠던 사람임은 알고 있었기에 크롤은 어느 정도 예의를 지켜주며 그를 맞이했다.

"어서 오시오. 고명하신 마법사께서 보잘것없는 포로에게 무슨 볼일이 있어서 찾아온 거요?"

"그냥 백작님께서 무료하실 것 같아 대화나 나누어 볼까 해서 왔습니다. 드릴 말씀도 좀 있고요."

포로로 잡혀 있는 사람이 심심할까 봐 대화를 하기 위해 왔다는 말은 물론 핑계다.

그 점은 크롤도 알고 있었지만 지금은 밖의 상황에 대한 정보가 아쉬웠기에 그도 멀린의 이런 제안이 싫지만은 않왔다.

"무슨 말을 하려고 왔는지 괜히 겁부터 나는군. 그래, 뭐가 궁금한 거요?"

"이번 내기에 대해서 어떻게 생각하십니까?"

"어떻게 생각하다니? 무슨 의도로 묻는 거요?"

"백작님께서 승산이 있다고 생각하시는지를 묻는 겁니다."

멀린이 대뜸 내기에 관한 질문부터 던지자 크롤은 약간은 그가 한심하다는 표정을 지으며 퉁명스럽게 되물었다.

"그걸 지금 질문이라고 하오? 당신은 정예 병사 일천이백 명을 단독으로 이길 수 있는 사람이 있다고 생각하시오?"

"당연히 아닙니다. 보통의 기사라면 정예 병사 열 명을 상대하기도 쉽지 않은 게 현실이지요. 하지만 저의 주군이시라면 이야기가 달라집니다. 그분은 상식을 벗어난 분이거든요."

"주군? 당신의 주군은 렌탈 남작 아니었소?"

다른 말보다 멀린이 손을 가리켜 주군이라 하는 것이 가장 거슬렸던 모양이다.

하긴 영지 마법사가 영주를 두고 다른 사람을 주군이라고 부르는 것은 정상적인 일이 아니었다.

"제 진짜 주군은 숀 님입니다. 어째서 그렇게 이야기할 수 있는지는 묻지 마십시오. 어차피 조만간 백작님도 그 이유를 알게 될 테니까요."

"당신들은 전부 제정신이 아닌 것 같군. 혼자 일천이백 명을 굴복시키겠다고 하는 사람이나 그 사람을 주군이라고 부르는 당신이나 모두 이상해. 그리고 조만간 내가 어떻게 그것을 알 수 있다는 건지 원……."

아직 숀이 말하고 있지 않은데 그가 루카스 왕자의 아들임을 밝힐 수는 없었다.

렌탈조차 숀을 주군으로 모시고 있다는 사실은 더더욱…….

그랬기에 크롤 백작은 숀과 멀린을 비정상적인 사람들로 여길 수밖에 없었다.

"어떻게 생각하든 그건 상관없습니다. 단지 이것만큼은 꼭 기억해 주셨으면 좋겠군요."

"뭘 말이오?"

"이번 내기에서 지게 되면 무조건 약속 이행을 하셔야 합니다. 괜히 그때 가서 또 다른 말을 하게 되면 주군도 먼젓번처럼 너그럽게 대하지 않을 테니까요."

"그건 내가 할 소리군. 당신 주군이라는 사람에게나 약속을 잘 지키라고 하시오. 만에 하나라도 내가 지게 되면 나는 무조건 그 자리에서 무릎 꿇고 당신 주군에게 충성을 맹세할 거요. 그게 기사의 약속 이행 방식 아니겠소?"

가만 보니 멀린은 자신을 떠보기 위해 온 것이라는 생각이 들었다.

그래서인지 크롤은 어제보다 더욱 또렷한 목소리로 이렇게 큰소리 쳤다.

하긴 자신이 질 일은 절대 없다고 생각하고 있었으니 큰소리를 친들 무슨 문제가 있겠는가.

"제가 괜히 쓸데없는 걱정을 한 것 같군요. 이게 모두 다주군에 대한 충성심 때문에 그런 것이니 너무 노여워하지 마십시오. 대신 한 가지 소식을 전해드리지요."

"소식?"

"연합군의 행방이 궁금하지 않으십니까?"

"그걸 지금 질문이라고 하시오? 그들은 지금 어디에 있소?"

애초부터 크롤이 바랐던 이야기가 바로 이것이었다.

그는 지금 연합군이 어떻게 움직이고 있는지가 가장 궁금할 수밖에 없었다.

"크롤 영지와 이곳 사이의 중간 지점쯤에서 한참을 서성거리더니 오늘 새벽 이쪽으로 움직이기 시작했다고 하더군요. 우리 척후병의 보고에 따르면 크롤 영지로 되돌아가려

다가 다시 돌아섰다고 합니다. 그 이유가 무엇인지는 백작
님께서 더 잘 아시겠지만요."

"으음……."

모든 상황이 테우신 백작을 의심할 수밖에 없게끔 돌아
가고 있었다.

그들이 돌아가려다가 다시 렌탈 영지를 향하게 된 것은
크롤이 아까 생각했던 이유와 맞아떨어지고 있었다.

남들의 이목이 신경 쓰여 크롤 영지를 전복시키려다가
되돌아 선 것이 분명해 보였다.

그런 생각이 들었기에 크롤은 침음성만 흘릴 수밖에 없
었다.

그 모습을 보고 멀린이 희미하게 웃더니 슬쩍 인사를 했
다.

"아무튼 저는 돌아가 보겠습니다. 새로운 소식이 전해지
면 다시 한 번 찾아뵙지요."

"……."

인사를 받고도 크롤이 침묵을 지키고 있자 멀린은 가만
히 방을 나섰다.

"주군께서는 저 자가 내기에서 졌을 경우 약속대로 이행
할 거라고 하셨지만 그것만 믿을 수는 없지. 사람은 누구나
최악의 경우를 당하게 되면 말을 바꿀 수도 있거든. 그러니

매사에 조심해서 나쁠 것은 없을 거야. 후후후……."

　방을 나와 자신의 처소로 돌아가던 멀린은 품속에서 푸른빛으로 빛나고 있는 구슬을 꺼내서 잠시 살펴보다가 다시 넣더니 이렇게 중얼거렸다.

　그것은 음성을 녹음해 놓을 수 있는 특별한 마법 구슬이었던 것이다.

Chapter 05

탐색전

건들면죽는다

1

마침내 연합군이 렌탈 영지의 경계 근처에 도착했다.

그러나 그때는 이미 렌탈 영지군도 만반의 준비를 한 채
그 인근에 진지를 구축해 놓고 있었다.

결국 양측의 부대는 넓은 들판을 사이에 두고 대치를 하
게 된 것이다.

"현재 우리 병사들의 실력이면 정면으로 부딪쳐도 충분
히 승산이 있습니다. 그러니 다시 한 번 생각해 보십시
오."

"나를 실없는 사람으로 만들고 싶은 게요?"

"그, 그럴 리가요……."

손이 진영의 선두에 서서 느긋한 눈빛으로 적들을 바라보고 있을 때 기사 대장 벨룸이 다가와 이렇게 말을 했다. 몹시도 불안한 말투다.

"그럼 그냥 일단 기다리시오. 필요할 때는 내가 지시하겠소."

"알겠습니다!"

하지만 손이 단호한 말투로 이렇게 말하자 얼른 부동자세를 취하며 복명했다.

하긴 렌탈 남작도 아무 말 하지 않고 있는데 더 이상 어쩌겠는가.

현재 렌탈군의 진영 안에는 손의 미친 내기가 모두 알려진 상태였다.

그런데 한 가지 특이한 점은 기사들은 이 소식을 듣고 대부분 큰 걱정에 휩싸인 상태였지만 병사들은 다르다는 것이었다.

"우리 총사령관님은 정말 대단하신 분 같아. 배포도 크고 멋져!"

"그러게 말이야. 솔직히 처음 그 말을 들었을 때는 황당했었는데 가만히 생각해 보니 우리 사령관님이시라면 가능할 거라는 생각이 들더군. 자네들도 알잖아? 그분은 원래부터 불가능했던 일을 모두 가능하게 만들었던 분이라는 것을…….”

“말해 무엇 하겠나? 우리는 어쩌면 이번에 새로운 역사가 시작되는 장면을 볼 수 있는 행운을 얻을지도 모른다고. 일 대 천이라는 전무 후문한 역사를 말이야!”

처음 말을 꺼낸 사람은 병사 하인리였고 그 말을 받은 사람은 그의 친구 크누센이었다.

하지만 이 두 사람의 이야기는 금방 다른 병사들에게도 전이가 되었다.

그리고 얼마 지나지 않아 모든 병사는 슨이 이 말도 안 될 것 같은 내기마저 이길 것이라는 확신을 갖기 시작했다.

그만큼 그들은 평소 슨에 대한 존경심이 대단했던 것이다.

“휴우… 저런 병사들도 주인님을 믿는데 나는 아직도 걱정이 되서 심장이 두근두근하고 있으니 원……. 그래. 저들의 말대로 주인님께서는 지금까지 누구나 불가능하다고 생각했던 일들을 간단하게 처리해 오셨다. 그런 분이 장담을 하고 있는데 내가 걱정할 일이 뭐가 있겠는가. 그냥 믿자. 저분은 절대 우리를 실망시키지 않을 것이다.”

그 모습을 보며 멀린은 큰 충격을 받았는지 이렇게 중얼거리다가 주먹을 불끈 쥐었다.

하지만 그런 그와 달리 얼굴이 거의 사색이 되어서 혼자 수심에 잠겨 있는 사람도 있었다.

"이럴 때 보면 너무 미운 것 같아. 어떻게 그런 어이없는 내기를 다 생각해 냈을까? 내가 자기를 얼마나 걱정하고 있는데… 치이……."

바로 파비앙이다.

그녀는 병사이긴 했지만 워낙 신분이 고귀한 사람인지라 그들과 함께 움직이긴 해도 언제나 별도의 자유를 보장받고 있었다.

물론 손의 지시로 인해 그녀의 주변에는 언제나 믿을 수 있는 기사 몇 명과 병사들이 늘 신경을 곤두세우고 있긴 했지만 말이다.

"누나! 왜 혼자 여기서 비 맞은 참새마냥 혼자 중얼거리고 있는 거야?"

"어머, 마하엘! 네가 여기는 어쩐 일이야?"

그런데 바로 그때, 혼자 떨어져 있던 그녀의 앞에 갑자기 동생 마하엘이 등장했다.

파비앙은 워낙 깊은 생각에 잠겨 있었기에 그가 이처럼 가까이 다가왔는데도 몰랐었는지 깜짝 놀라고 말았다.

"왜긴… 나도 우리 선생님 싸움하는 거 구경하려고 왔지. 헤헤……."

"이 바보야! 여긴 놀이터가 아니라 전쟁터란 말이야. 너 아버지께 허락은 받고 온 거야?"

마하엘이 실실 웃으며 이렇게 대답하자 파비앙이 버럭 소리를 질렀다.

숀의 무모한 행동 때문에 화가 나 있던 것이 고스란히 마하엘에게 전가된 것 같았다.

하긴 그녀의 말대로 전쟁터에 나서기에는 그가 너무 어리기는 했다.

"아버지는 걱정을 하셨지만 선생님께서 허락을 해주셨어. 꼴라 님하고 이 녀석만 함께 있으면 괜찮다고 말이야."

―갸릉… 갸르릉…….

―끼룩… 끼루룩…….

"어머, 꼴라야! 그리고 끼루!"

쪼르르륵… 덥썩!

"호호호… 나도 반갑다, 얘."

마하엘이 대답과 함께 품속에 담아왔던 꼴라와 끼루를 꺼내놓자 파비앙의 얼굴이 환하게 밝아졌다.

그만큼 반가웠던 모양이다.

꼴라 역시 오랜만에 파비앙을 봐서 기뻤는지 잽싸게 마하엘의 품을 벗어나 그녀에게 달려가 냉큼 안겼다.

끼루도 그녀를 주인으로 인식하고 있었기에 미친 듯이

날아갔지만 그녀의 코앞에서 멈출 수밖에 없었다.

바로 꼴라가 녀석을 무서운 눈빛으로 쩨려보았기 때문이다.

[더 가까이 다가오면 죽는다.]

끼깅…….

끼루도 상당히 무서운 몬스터지만 꼴라 앞에서는 고양이 앞의 쥐만도 못한 신세다.

그랬기에 허공에 멈춰선 채 애처로운 눈빛으로 파비앙을 보고만 있을 수밖에 없었다.

"끼루, 어서 이리 와. 우리 오랜만에 안아보자."

도리도리…….

"이 녀석이! 주인이 말씀하시는데 반항하는 거야? 어서 오지 못해?"

—끼루루…….

퍼덕퍼덕… 사뿐~

아무리 꼴라가 무서워도 파비앙이 이렇게까지 말을 하는데 버틸 재간이 없었다.

게다가 꼴라도 무서운 눈빛을 풀며 끼루를 외면했다.

마치 허락해 줄 테니 파비앙에게 안기라는 듯…….

그로 인해 마침내 끼루는 기쁜 듯 날개를 퍼덕이며 파비앙의 가슴에 살포시 내려앉았다.

"정말 이 작고 귀여운 녀석들이 그렇게 무서운 능력을 가지고 있을까?"

"누나도 지난번 성 안 공사 때 끼루의 힘이 얼마나 센지는 봤었잖아. 선생님 말씀에 의하면 이 녀석들과 함께 있는 한 걱정할 일은 없다고 하더라고. 그러니 나도 올 수 있게 하신 것 아니겠어?"

꼴라와 끼루는 워낙 외형이 왜소하고 귀엽기 때문에 그 누구도 이들에게 엄청난 능력이 있다는 것을 눈치챌 수 없었다.

그나마 파비앙과 마하엘은 숀이 있었기에 들은 이야기도 있고 또 직접 본 것도 있었기에 다른 사람들보다는 그 힘을 조금은 알고 있었다.

그래 봤자 빙산의 일각도 되지 않았지만…….

"하긴 선생님께서 이 녀석들에 대한 자신이 없었다면 너까지 이곳으로 불러들이지는 않으셨겠지. 아! 그, 그렇구나."

마하엘의 말에 대꾸를 하던 파비앙은 중요한 점을 한 가지 깨달을 수 있었다.

숀은 자신이 없는 일은 절대 할 사람이 아니라는 사실을 말이다.

"그래, 이번에도 그만큼 자신이 있으니 일을 벌였을 거야. 바보같이 그것을 이제야 깨닫다니… 다른 사람들은 믿지 못해도 나는 믿었어야 했는데… 하아… 정말 부끄럽구나."

"누나, 뭐 잘못 먹었어? 도대체 무슨 소리를 하고 있는 거야?"

파비앙은 혼자 걱정했다가 혼자 화를 냈으며 결국 이처럼 혼자 풀고 있었다.

하지만 이런 내막을 전혀 모르고 있는 마하엘의 눈에 비친 그녀의 모습은 딱 정신 나간 여자였다.

그것을 알면서도 그녀는 굳이 변명하지 않았다.

동생에게 손에 대한 이야기를 꺼내는 것만으로도 부끄러웠기 때문이다.

그리고 다행히 마하엘의 관심은 금방 다른 곳으로 돌아갔다.

뿌우우우~~

"나는 테우신 백작님의 명을 받고 이곳까지 오게 된 마법사 칼베르토요! 꼭 물어볼 말이 있으니 렌탈 남작께서는 중간 지점까지 나와주시면 감사하겠소!"

바로 칼베르토가 뿔피리 소리와 함께 앞으로 나서며 이런 말을 해왔던 것이다.

워낙 넓은 광야 지대인 데다가 양측의 거리는 제법 멀었

지만 마법을 이용한 말이었기에 사람들은 모두 그의 말을
똑똑히 들을 수 있었다.

2

아무리 실력 있는 마법사라 해도 한 지역의 군주와 격을
같이할 수는 없다.

그랬기에 원칙적으로는 렌탈 남작이 그의 제안을 받아줄
필요가 없었지만 자신들은 상대방의 영주를 납치한 죄(?)가
있기에 스스로 나서기로 결정했다.

"무엇 때문에 나를 부르는 것인지는 모르겠지만 일단 나
가봐야 할 것 같소."

"들으나 마나 크롤 백작의 행방을 물어올 것입니다."

렌탈이 측근들을 보며 이렇게 말을 하자 숀이 나서서 칼
베르토 의중을 간단하게 알려주었다.

"그럼 그냥 있는 것이 나을 것 같소?"

"아니요. 그가 부르지 않았으면 내가 먼저 부르자고 했을
겁니다. 어차피 미리 만나야 할 이유가 있거든요."

"어떤 이유 말이오?"

숀의 말에 렌탈이 다시 물었다.

적군의 최고 지휘관을 만나러 가야 하는데 숀과 자신의

생각이 달라서는 안 된다고 생각한 탓이다.

"정식으로 선전 포고를 할 생각이거든요. 우리 부대가 아닌 제 개인적으로 말입니다. 그래야 본격적인 내기의 시작이라고 할 수 있을 테니까요. 안 그렇소? 크롤 백작?"

"으음… 맞소."

대답을 하던 손이 갑자기 크롤 백작에게 질문을 던졌다.

가만 보니 지금 이 자리에는 그도 와 있었던 모양이다.

하긴 내기의 당사자이니 당연히 현장에 있어야겠지만……

"나는 저들에게 딱 한 번의 선택권을 줄 생각이오. 이대로 돌아가든가 아니면 나에게 크게 혼나든가 하는 선택 말이오."

"당신이 이번 내기에서 승리할 수 있을 거라고는 아직도 믿을 수 없소. 하지만 어째서 사람들이 당신을 그렇게 따르는 것인지는 조금 알 것 같구려. 다른 것은 몰라도 나는 지금까지 살면서 당신처럼 배포가 큰 사람은 본 적이 없소. 대단하오."

일 대 천의 싸움을 앞두고 일인 쪽이 오히려 선택권을 주겠다니……

어찌 보면 망상 속에 빠져 있는 미친놈의 헛소리로 치부

할 수도 있겠지만 크롤은 손이 절대 미치지 않았다는 것을 느낄 수 있었다.

그랬기에 자신도 모르게 감탄을 했던 것이다.

"감탄은 조금 더 있다가 하시오. 조금 후부터 놀랄 일이 잔뜩 벌어질 테니 말이오."

"기대해 보겠소."

크롤은 백작이면서 기사였기에 소드 마스터의 능력 수준을 어느 정도 알고 있었다.

손이 소문대로 초인으로 분류되고 있는 소드 마스터가 맞는다고 해도 절대 일천이백 명이나 되는 정예 병사를 상대로 이길 수는 없었다.

천 명을 빼고 이백 명만 해도 불가능에 가까울 텐데 말이다.

"가시지요. 영주님."

"그렇게 합시다."

크롤 백작의 대답을 듣자마자 손은 렌탈에게 얼른 이런 권유를 했다.

더 지체하면 자칫 상대 진영에서 렌탈을 겁쟁이로 볼 수도 있었기 때문이다.

그 점을 렌탈도 의식했는지 바로 말에 올라탔다.

그리고 곧 그를 선두로 손과 벨룸 그리고 벡스와 마법사 멀린이 따라붙었다.

숫자는 단출했지만 그들에게서는 범접하기 힘든 기세가 피어올랐다.

"이렇게 나와주셔서 감사하오. 내가 마법사 칼베르토요."

"내가 렌탈이오. 그리고 이분은 우리 영지의 총사령관이라오."

칼베르토는 우측으로는 크롤의 훈련대장 볼프를, 그리고 좌측에는 마법 병단의 부단주를 맡고 있는 마법사 한 명을 대동하고 회담 자리에 먼저 나와 있었다.

그러다가 렌탈과 숀이 도착하자 허리를 살짝 굽히며 인사를 했다.

그러자 렌탈도 위엄을 흩뜨리지 않으면서도 정중한 자세로 마주 인사했다.

그러면서도 숀의 소개를 잊지 않았다.

아직 대놓고 밝힐 수는 없었지만 이 자리의 진짜 주인은 그였기 때문이다.

"혹시 이분이 소드 마스터로 소문이 자자한 그분 맞소?"

"그렇소이다."

"허허… 그게 사실이면 좋겠군요. 나는 아직까지 말은 많이 들어보았지만 진짜 소드 마스터는 만나본 적이 없었거든요."

말투는 부드러웠지만 내용은 상대방을 조롱하는 것이 역력했다.

한마디로 너는 소드 마스터가 아니라는 뜻이니 듣는 쪽 입장에서는 기분이 나쁠 수도 있었다.

"어허, 말씀이 너무 지나치시오."

"괜찮습니다. 영주님. 저 사람 입장에서는 그렇게 말할 수도 있을 테니까요. 이것 보시오, 칼베르토 마법사님. 나도 내가 소드 마스터라고 생각하지는 않소. 하지만 당신들을 혼내주는 데는 충분하다고 생각하니 그냥 조용히 돌아가는 것이 어떻겠소? 이건 멀리서 온 당신들을 위해 주는 처음이자 마지막의 기회요. 그러니 신중하게 판단하는 것이 좋을 거요."

하지만 아무리 칼베르토가 경험이 많고 똑똑하다고 해도 숀의 노련함에 비할 바는 아니었다.

숀은 먼저 나서는 렌탈을 살짝 제지하며 간단하게 칼베르토의 약을 올렸다.

"으음…….입심이 대단하시군. 아무튼 좋소. 지금은 그것보다 먼저 묻고 싶은 것이 있으니까. 이 문제는 솔직히 대답해 주셔야 할 거요. 그렇지 않으면 양 영지 간의 관계뿐 아니라 자칫 테우신 백작님과의 관계에도 심각한 문제가 생길지 모르오."

"이런 경우를 가리켜서 적반하장도 유분수라고 해야겠군. 이것 보시오, 이번 전쟁은 애초부터 크롤 백작의 잘못부터 시작된 거요. 그런데 뭐가 어쩌고 어째? 대체 뭘 물어보려고 그러는 것인지는 몰라도 말씀이 너무 지나치시오."

켈베르토가 숀의 말에 기분이 나빴는지 은근히 협박 비슷한 말을 섞어서 이야기했다.

그러자 이번에는 렌탈 남작이 흥분해서 한마디 했다.

"제가 흥분해서 도가 지나친 말을 한 것 같구려. 죄송하오. 그만큼 지금 상황이 심각해서 그런 것이니 노여움을 풀기 바라오."

"뭐가 그렇게 심각한지 어디 한번 들어나 봅시다. 묻고 싶은 게 대체 뭐요?"

아무리 자신이 5서클의 마법사이고 렌탈은 남작에 불과하다고는 하나 어쨌든 한 지역의 군주이다. 함부로 대할 상대는 아닌 것이다.

그것을 느꼈는지 칼베르토도 결국 사과를 했다.

그러자 이번에는 숀이 다시 나서서 질문을 던졌다.

그 뒤에 나올 말을 미리 알고 있기에 아예 자신이 나서는 것이 낫다고 생각한 것이다.

그러자 켈베르토는 잠시 머뭇거리다가 이윽고 결심한 듯

입을 열었다.

"당신들이 크롤 백작을 납치한 것 맞지요?"

"그걸 묻기 위해 우리를 부른 거요?"

만일 이때라도 숀과 렌탈이 그런 적 없다고 딱 잡아떼면 상대방은 그대로 믿을 수밖에 없을 터였다.

추측 말고는 그것을 증명할 만한 것이 아무것도 없었으니 당연했다.

하지만 숀은 그것을 부정하지 않은 채 이렇게만 되물었다.

"역시 내 생각이 맞았군요. 대체 무슨 수로 달리는 말 위 있는 사람을 감쪽같이 빼갔는지는 몰라도 어서 돌려주시오. 세상에 이런 경우는 없소."

"이 사람이 보자, 보자 하니 아주 가관이 아니로군. 이것 보시오. 마법사 양반. 함부로 입을 놀리지 마시오. 크롤 백작은 우리 영지를 치기 위해 대규모의 군사를 이끌고 오던 중이었소. 우리는 영지의 피해를 최대한 줄이기 위해서 그를 납치한 것뿐인데 경우가 없다니? 그게 억울하시오? 그렇다면 어디 실력으로 데려가 보시든지."

켈베르토의 억지스러운 말에 숀은 화가 난 척을 하며 의도적으로 그를 도발했다.

어차피 내기 때문이라도 한바탕 드잡이질을 해야 하는

입장이니 당연한 수순이었다.

"그거 아주 듣던 중 반가운 소리로군. 실력 행사를 하라는 그 말… 후회하지 않겠소?"

"후회? 당신 지금 꿈이라도 꾸고 싶은 거요? 헛소리 그만하고 나의 첫 번째 희생자로 당신을 점찍었으니 싸움이 시작되면 몸이나 잔뜩 사리는 것이 좋을 거요. 그렇지 않으면 당신이야말로 크게 후회할 테니까."

"으드득! 건방진 자. 당신의 검술 실력이 과연 그 입심만큼 대단한지 두고 보겠소. 그리고 나 역시 당신의 그 쓸모없는 입속으로 뜨거운 불덩이를 처넣어 준다고 약속하지."

결국 칼베르토는 이런 말과 함께 손을 한참 동안 노려보다가 갑자기 찬바람을 날리며 돌아섰다.

이렇게 된 이상 결국 크롤 백작이 없어도 전쟁을 시작하는 수밖에 없다고 생각한 것이다.

그리고 그것이야말로 숀이 바라던 바였다.

Chapter 06

신위

건들면죽는다

1

자신의 진영으로 돌아간 칼베르토는 즉시 볼프를 시켜 양쪽 영지의 기사들을 불러 모았다.

곧 전면전을 치러야 하는 상황이 되었으니 서둘러 작전 회의를 해야 할 터였다.

"성을 지키고 있었다면 깨기가 쉽지 않았겠지만 이곳에 서 싸우게 된 이상 무조건 우리가 이깁니다."

"어째서 그렇게 생각하는 거요?"

회의가 시작되자마자 내내 저자세를 보였던 볼프가 자신 있는 목소리로 이렇게 말했다.

그러자 칼베르토는 의외라는 듯 고개를 갸웃거리며 이유를 물었다.

"이곳은 사방이 들판으로 이어져 있는 평야 지대입니다. 이런 곳에서 전투를 하게 되면 숫자가 많은 쪽이 훨씬 유리한 법이지요. 숨어서 기습을 하거나 상대를 속일 수 있는 작전을 펼칠 수 없기 때문입니다. 그야말로 힘 대 힘으로 싸울 수밖에 없거든요. 그러니 병력 수가 훨씬 많은 우리가 유리한 것이 당연하지요."

"거기에 우리가 승리할 수밖에 없는 이유를 한 가지 더 첨가해도 되겠소?"

"물론입니다."

볼프의 말에 미소를 지으며 칼베르토가 자신 있는 목소리로 이렇게 말했다.

이야기를 듣다가 떠오르는 것이 있었던 모양이다.

"우리가 병력 수도 더 많지만 절대적으로 적들보다 유리한 것이 하나 더 있소."

"그게 무엇입니까?"

"바로 마법 병단이오. 렌탈 영지에도 마법사가 있기는 있소만 기껏해야 4서클 실력자 한 명뿐이오. 그에 비해 우리에게는 그 정도 실력자가 둘이나 있는 데다가 3서클 마법사도 두 명 더 있소. 나를 제외하고도 말이오."

"그렇다면 마법에서만큼은 절대 우위를 차지하고 있는 것이 맞는 것 같습니다."

멀린이 4서클이 아닌 5서클이라 해도 이들이 더 우위에 있는 것은 맞았다.

칼베르토가 같은 5서클인 데다가 그를 제외하고도 4서클 두 명, 3서클 두 명이 더 있었으니 당연했다.

"그 이야기는 전투가 벌어졌을 시 마법 공격을 퍼붓게 되면 그것을 막을 자가 거의 없다는 말과 같소. 그리고 이런 평야 지대야말로 마법의 위력이 더욱 극대화될 수 있는 조건이라고 할 수 있다오. 어쩌면 그로 인해 순식간에 싸움이 끝날지도 모른다, 이 말이오."

"아! 정말 그렇겠군요. 멀리서 날아드는 마법의 불덩이들을 막지 못한다면 그것이야말로 재앙일 테니까요."

칼베르토의 설명을 듣고 나자 볼프는 물론, 함께 참석해 있던 기사들의 표정은 동시에 밝아졌다.

저 말대로라면 아군은 희생 하나 없이 승리할 수도 있다는 희망이 생긴 탓이다.

"맞소. 그러니 이렇게 합시다."

"어떻게요?"

칼베르토가 의미심장한 얼굴로 한마디 하자 기사들은 모두 동시에 되물었다.

"우선 당신들이 앞장서서 허장성세를 부리며 적들과 적당한 거리까지 전진해 주시오. 그러면 우리가 은밀히 뒤를 따라가며 공격 마법을 준비하리다. 마법은 미리 캐스팅해 놓을 것이니 그런 식으로 사격 범위 안까지만 접근할 수 있으면 되오."

"그거 아주 좋은 생각이십니다. 일천이백 명의 병사가 함성을 지르며 동시에 칼과 창을 들고 달려간다면 그것만으로도 적들은 오금이 저려 우리 뒤쪽에서 마법사님들이 움직이는 것까지는 눈치챌 수 없을 것입니다."

지금까지 대부분의 이야기는 칼베르토와 볼프만 하고 있었지만 그 누구도 불만을 보이지 않았다.

두 사람의 죽이 워낙 잘 맞는 데다가 그렇게 세워지고 있는 작전이 좋아 보였기에 굳이 나설 이유가 없었는지도 모른다.

"바로 그거요! 전혀 예상하지 못하고 있을 때 마법이 날아가면 피할 틈도 없을 거요. 게다가 지금 들판에는 사방에 곡식과 잡풀들이 잔뜩이오. 화염 마법을 쓰기에 최상이라는 뜻이지."

"상상만 해도 짜릿합니다. 자칫하면 저희는 구경만 하는 꼴이 될지도 모르겠군요. 하하!"

"하하하!"

볼프가 이 말과 함께 유쾌한 웃음을 터트리자 다른 기사들과 마법사들도 동시에 웃었다. 그만큼 승리에 대한 확신이 생긴 것이다.

한편, 같은 시각 렌탈 진영에서도 회의가 이어지고 있었다.

"내가 보기에 적들의 작전은 뻔하오."

"그게 무엇입니까?"

벌써 여러 가지 이야기가 오고 갔는지 회의 분위기가 꽤나 떠들썩했다. 하지만 손이 갑자기 이런 말을 꺼내자 순식간에 주변이 조용해졌다.

"현재 병력 수는 그렇게 큰 차이라고 볼 수 없소. 일천 대 팔백이니 말이오. 이 정도면 객관적으로 보아도 어느 쪽도 절대적으로 우세하다고 말할 수는 없을 것이오. 그런 이상 저들은 자신들에게 가장 유리한 방법으로 싸움을 시작할 것이오."

"……"

앞에까지의 이야기는 누구나 아는 내용이었다. 그러나 뒷부분은 그 누구도 짐작하지 못하고 있었다. 적군의 작전을 정확하게 예측하는 것이 그리 쉬운 일은 아니다. 그래서인지 누구도 손의 말에 대꾸하지 못했다.

"현재 적들이 우리보다 압도적으로 우세한 부분은 바로

마법사요. 멀린 마법사의 능력이 상당한 것은 틀림없지만 적들에게는 그런 능력자가 몇 명 더 있소. 그들은 아마 그 점을 최대한 이용하려고 할 것이오."

"그럼 어떻게 해야 합니까?"

숀의 말에 기사대장 벨룸이 이렇게 물었다.

기사들은 본능적으로 마법사를 꺼린다.

자신들은 육탄으로 싸워야 하지만 마법사들은 뒤에 숨어서 원거리 공격에 능하기 때문에 그럴 수밖에 없었다.

그런 자들이 잔뜩 있다고 하니 꽤나 신경이 쓰였던 모양이다.

"애초 이야기했던 대로 오늘 전쟁은 내가 맡을 것이오. 그런데도 이런 이야기를 하는 이유는 혹시 마법사들을 처리하기 전에 그들의 공격이 먼저 있을지도 모르기 때문이오. 그때를 대비하자는 뜻이지."

"병사가 일천이백 명에 마법사들까지 있는데 정말 혼자 싸울 생각이십니까?"

이번에는 한때 크롤 영지의 사령관이었던 기사 더그한이 물었다.

만에 하나 숀이 절 경우 자신과 자신의 직속 수하들은 다시 크롤 영지로 돌아가야 했기에 무척 신경이 쓰였던 모양이다.

"물론이오. 당신들이 무슨 걱정을 하고 있는지는 나도 잘 알고 있소. 그러나 염려 놓으시오. 나는 모두의 생각보다 더욱 쉽게 승리할 자신이 있거든."

"저 역시 주군을 믿습니다."

"저도 믿어요."

얼마 전만 해도 잔뜩 걱정하고 있던 멀린이 먼저 이런 말을 꺼내자 한쪽에서 의외의 인물이 동조하고 나섰다.

바로 파비앙이다.

그녀는 병사의 신분이었지만 동시에 영주의 딸이기도 했기에 이 자리에 참석할 수 있었다. 본인이 강력하게 원했던 것이다.

그리고 그녀의 그 한마디는 숀에게 묘한 감흥을 불러 일으켰다.

'파비앙… 갈수록 그대는 점점 더 내 마음에 드는군. 어휴… 어쩌면 저렇게 예쁘고 깜찍할까? 이럴 때는 정말 확 끌어안고 싶다니까. 흐으…….'

"저기… 주군. 입가에 침이…….'

"으험! 내가 지금 갈증이 심해서 그런가 보오. 누구 물 좀 떠다 주겠소?"

한참 중요한 이야기를 하고 있는데 엉뚱한 생각을 하다가 침까지 흘리다니…….

창피한 일이었지만 다행히 워낙 상황이 심각하다 보니 누구도 그가 파비앙을 떠올리며 엉큼한 생각을 하고 있다는 것은 눈치채지 못했다.

그나마 그 점을 슬쩍 지적한 멀린만이 그와 파비앙을 번갈아 보는 것으로 보아 뭔가를 알아낸 것 같기는 했다.

"물 가져왔습니다."

"고맙소."

벌컥벌컥…….

그 덕분에 물 한 사발을 시원하게 들이킨 숀은 목청을 가다듬더니 다시 입을 열었다.

"작전은 이렇소. 적들이 공격을 개시하면 내가 가장 먼저 앞으로 달려 나갈 것이오. 그때 동시에 당신들은 곧바로 뒤로 달려가시오. 끝!"

멍…….

작전이라고 해놓고 결론은 도망가라는 뜻 아닌가.

그것도 숀 혼자만 팽개치고 말이다.

그러니 모두 멘탈이 붕괴될 수밖에…….

2

둥! 둥! 둥! 둥!

드디어 연합군의 진영에서 공격을 알리는 북소리가 들려
왔다.

그러자 일천이백 명의 연합군 병사들은 어마어마한 함성
과 함께 진군을 시작했다.

"공격하라!"

"와아아아~~!"

두두두두~~!

저벅저벅!

그들의 진군 모습은 지극히 평범했지만 무척이나 위엄이
넘치고 있었다.

우선 가장 선두에는 훈련대장이자 현 임시 병사들 사령
관인 볼프가 기마대를 이끌고 달려갔다.

그 뒤로 정예 보병들이 보무도 당당하게 속보로 따라가
고 있었으며 이어서 발리스터와 같은 특수 무기와 공성무
기가 특수 부대원들과 함께 이동하고 있었다.

물론, 그런 위용 뒤편에는 무서운 공격 마법을 캐스팅해
놓은 채 따르고 있는 마법 병단도 숨어 있었다.

어쨌든 비록 넓은 들판이었지만 천이백여 명이나 되는
병력이 사방을 꽉 채우고 있는 느낌이 들 정도인 것은 분명
했다.

"과, 과연 대단하구나. 난 이런 광경을 평생 처음 보는 것

같아."

"그건 나도 마찬가지야. 정말 무섭네. 휴우…….."

그 모습을 지켜보던 렌탈 영지군들은 기가 질렸는지 너도 나도 이렇게 두려움이 섞인 감탄을 했다.

하긴 아무리 노련한 병사라도 해도 이런 대군을 들판에서 마주하는 경우는 거의 없을 터이니 그럴 만도 했다.

그런데 바로 그때,

"자, 그럼 이제 내가 나설 차례인 것 같군. 이것 보시오. 크롤 백작. 지금부터 똑똑히 지켜보시오. 내가 어떤 사람인지를……. 그대들은 모두 조금 전 내가 지시했던 대로 움직이도록! 그럼 조금 있다가 봅시다. 끼럇~!"

"헉! 사, 사령관님!"

두두두두~~!

적들이 새까맣게 몰려오건만 숀은 여전히 여유 있는 모습으로 나서면서 가장 먼저 크롤에게 말했다. 그리고는 렌탈 영지군의 지휘관들에게 이 말 한마디만 남기고는 누가 말릴 새도 없이 곧바로 힘차게 말에 채찍을 가하며 달려 나갔다.

이렇게 대륙 역사상 가장 위대한 전투 중 하나로 남게 되는 역사적인 사건이 시작되었다.

"모두 멈추어라!"

—히이이이잉~~!

손은 빠르게 달려 나가더니 적들이 한눈에 알아볼 수 있는 작은 둔덕 위에 홀로 당당히 섰다.

그다음 그가 취한 행동은 그저 멈추라는 말 한마디뿐이었다.

그러나 그 말속에는 엄청난 내공이 담겨 있었기에 무려 일천이백여 명이나 되는 대부대가 멈출 수밖에 없었다.

선두에 달리고 있던 기마 부대원들은 말들이 날뛰는 바람에 그것을 가라앉히기 위해서 진땀을 빼야 할 정도였다.

"나는 렌탈 영지의 총사령관 손이다! 너희가 올 수 있는 곳은 딱 여기까지다. 그러니 이제 조용히 돌아가라. 그렇지 않으면 무서운 재앙을 맞이하게 될 것이다!"

"허튼소리 말고 당신이나 당장 비켜라! 그렇지 않으면 그냥 밟고 지나갈 것이다!"

손이 혼자 적들을 혼내주겠다는 말을 들었던 대부분의 렌탈 영지군들은 그가 빠른 몸놀림과 무서운 검술을 이용해 적들 사이에 숨어서 싸울 것이라고 예상했었다.

만일 정면으로 싸울 경우는 이길 수 있는 확률이 제로라고 생각했기 때문이다.

그런데 그들의 예상은 보기 좋게 빗나갔다.

아니, 그냥 빗나간 정도가 아니라 지금 숀이 보여주고 있는 행동은 말 그대로 정신병자 수준이었다.

일천이백 명의 병사가 무섭게 달려오고 있는데 그 앞에 혼자 서서 싸울 생각을 하다니…….

"무모해 보이기는 하지만 역시 당신은 멋져요. 설혹 저들과 싸우다가 진다고 해도 이 순간 그곳에 당당히 서 있는 것만으로도 당신은 저의 영웅이십니다."

남들이 어떻게 생각을 하던 지금 파비앙은 그런 숀이 너무나 멋져 보여서 눈물이 다 날 지경이었다.

넓은 들판 한가운데서 홀로 말 위에 앉아 있는 그의 모습은 정말 위대해 보였다.

그건 모든 렌탈 영지군들의 눈에도 그랬다.

전쟁을 이겨야 한다는 생각이 가든한 지휘관들은 걱정이 앞섰지만 파비앙을 비롯한 대부분의 영지군들은 왠지 숀을 믿고 싶었다.

그라면 기적을 보여줄 것만 같았다.

"저 사람 정말 미쳐도 단단히 미쳤군. 이것 보시오. 렌탈 남작. 저 사람 말려야 하는 것 아니오? 자기가 무슨 신이라도 되는 양 착각하고 있는 것 같은데 저러다가 깔려 죽으면 어쩌려고 말리지도 않는 거요?"

"닥치시오! 당신은 아직 우리 사령관님이 어떤 분인지 모르고 있소. 하지만 우리는 그가 죽으라고 명령하면 바로 목숨을 내던질 정도로 그를 믿고 있소. 그런 분이 함부로 무모한 행동을 할 것 같소?'

그러나 크롤 백작은 손을 아예 미쳤다고 결론짓고는 렌탈에게 이런 말을 던졌다.

속으로는 무조건 자신이 내기에 이기게 되었으니 기분 좋았지만 겉으로는 아닌 척 쇼를 하는 것이다.

그러자 렌탈은 버럭 화를 내며 이렇게 대꾸했다.

그러면서 어느덧 자신도 손이 기적을 일으킬 것이라는 희망을 갖기 시작했다.

조금 전까지도 제정신인 사람이 아무 대책 없이 저러지는 않을 것이라는 생각이 퍼뜩 든 것이다.

그랬기에 마지막 질문에는 그런 그의 감정이 담겨 있었다.

"대체 저 사람이 얼마나 대단한지는 모르겠지만 이건 너무 비상식적인 일이잖소. 보병만 있는 것도 아니고 기마대까지 수백 명이나 있는데 혼자 뭘 어떻게 하겠다는 건지, 원……."

"입 다물고 지켜보면 알 것 아니오!"

그들이 이렇게 떠들고 있는 순간에도 손과 대치 중인 연합군은 금방 전열을 가다듬을 수 있었다.

손의 목소리에 잠깐 놀랐던 말들은 다시 안정되었으며 그 뒤에 은밀히 따르고 있던 마법사 칼베르토는 앞의 상황을 전해 듣더니 얼른 이동용 사다리를 세우게 해서는 그 위로 올라갔다. 거기서 봐야 앞쪽이 잘 보이는 탓이다.

"아까도 헛소리를 지껄이더니 결국 미친놈이었군. 좋아, 그렇다면 내가 먼저 아까 받았던 모욕에 대한 대가를 치러 주어야겠군. 여봐라. 사다리를 투석기 사이에 걸쳐 놓아라."

"네!"

그는 혼자 중얼거리다가 병사들에게 이런 명령을 내렸다.

그러자 병사들은 순식간에 투석기와 투석기 사이에 사다리를 걸쳐 놓았다.

"플라이~!"

스윽……

그러자 칼베르토는 플라이 마법을 사용해 그 위로 사뿐히 올라섰다.

그렇게 높은 곳에 공격 마법을 사용할 수 있는 안정된 자리가 만들어졌다.

그곳에서 칼베르토는 아직 볼프와 이야기를 하고 있는 손을 천천히 겨냥했다.

그리고는 다시 입을 열었다.

"누구 임시 사령관님께 어서 내 말을 전해라. 뒤로 조금 물러나라고……"

"알겠습니다!"

그의 지시를 들은 병사 한 명이 빠르게 앞으로 말을 전달했다.

그러자 뒤쪽에서 전해진 말은 잠깐 사이에 볼프에게 전해졌다.

"역시 눈치가 빠르군. 그럼 어디 맛 좀 봐라. 불의 힘이여! 지금 이곳에 강림하라! 파이어~~ 볼!"

부아아아앙~~~!!

볼프가 뒤로 물러나는 순간, 숀의 얼굴에 어리둥절한 표정이 떠올랐다.

그리고 그것을 보자마자 칼베르토는 거대한 불의 구체를 만들어내더니 숀을 향해 곧장 날려 보냈다.

그 거리에서는 그 어떤 기사도 피할 수 없을 만큼 빠르고 거대한 파이어 볼이었다.

3

숀이 슈덤벨 대륙에 와서 자신의 능력을 되찾은 후 했던 첫 번째 결심은 바로 평범하게 살기였다.

그러나 개 버릇 남 못 준다고 이미 인간 이상의 힘을 얻은 그에게 평범함을 지키라는 말은 완전히 어불성설(語不成說)이었다.

처음에는 그래도 지켜보려고 발버둥을 쳤지만 시간이 흐를수록 그건 어려웠다. 벌써 이리저리 특별함을 드러낸 탓이다.

'그래… 이 세계에도 특별한 능력을 가진 자들은 많다. 그렇다면 어느 정도의 능력을 보여주는 것도 그리 나쁘지는 않을 것이다. 무엇보다 내가 능력을 보여줌으로 인해 사람들이 좋아하는데 굳이 아닌 척할 필요는 없지 않은가.'

그는 한 가지 사실을 착각하고 있었다.

중원에서의 그는 능력이 대단해서 따돌림 당했던 것이 아니었다.

오히려 강한 사람 주변에는 더 많은 사람이 모이는 법이다.

단지, 그가 무섭도록 강한 데다가 매사를 자기 기분대로 처리했던 것이 문제였다.

그는 당시 자신 말고는 아무도 믿지 않았다.

뿐만 아니라 조금이라도 자신에게 도전을 하거나 그런 낌새만 보여도 가차 없이 죽였었다.

그러니 누가 그를 진심으로 좋아할 수 있었겠는가.

그 당시와 비교해 볼 때 지금은 완전히 달랐다.

무엇보다 그는 어린 시절 자신을 끔찍이 사랑해 주는 부모님을 통해 자연스럽게 사랑과 용서를 배워왔다.

그 시간으로 인해 그는 과거의 능력을 되찾았건만 그때처럼 잔인하지는 않았다.

아니, 오히려 어지간한 적은 지금처럼 아예 자신의 편으로 만드는 데 큰 재미를 느끼고 있었다.

"소드 마스터 정도의 능력을 보여주되 조금 더 빠르게 움직이고 거기에 약간의 연출을 더해주면 충분할 거야."

그에게는 이 모두가 재미일 뿐이었다.

이 대륙에 진짜 강자들이 얼마나 되는지는 몰라도 아직까지 그를 긴장시킬 만한 강자는 전혀 보이지 않았다.

그랬기에 이런 식으로라도 재미를 찾는 것인지도……

"대장님. 칼베르토 님께서 뒤로 좀 물러나 계시랍니다."

"알았다."

손이 크롤 연합군 앞에 버티고 서서 볼프와 말로 실랑이를 벌이고 있을 때 갑자기 볼프 쪽으로 병사 한 명이 다가와 귓속말을 했다.

보통 사람 같으면 전혀 들을 수 없을 만큼 작은 속삭임이었지만 손은 바로 옆에 있는 것처럼 정확히 들었다.

그것도 모른 채 볼프가 다시 입을 열었다.

"당장 비키지 않으면 본때를 보여줄 것이다. 이게 마지막 경고다. 다들 전투 준비를 하라!"

"전투 준비!"

그리고는 병사들에게 명령을 내리는 척하며 너무나도 자연스럽게 뒤로 물러났다.

그러자 숀은 황당하다는 듯한 표정을 지었고 그와 동시에 사방에 뜨거운 열기가 일어나며 거대한 불덩어리가 날아왔다.

"파이어~~볼!"

부아아아아앙~~!

칼베르토나 볼프나 그들이 생각할 때는 이 모든 것이 몹시 빠르게 일어난 것 같았지만 숀이 볼 때는 그야말로 하품이 날 지경이었다.

그는 뒤를 한 번 보더니 자신을 향해 날아오는 불덩이를 가만히 지켜보았다.

혹시 아예 이대로 타 죽으려고 결심한 것이 아닐까 싶을 만큼 답답한 모습이다.

"아악! 피해요!"

"안 돼!"

그러자 렌탈 진영 여기저기에서 비명이 들려왔다.

그런데 그 순간, 갑자기 숀의 모습이 말 위에서 그대로 허공에 떠올랐다.

그러더니 마치 불나방처럼 곧장 불의 구체로 날아드는 것 아닌가.

콰지직! 휘류류류~~!

"……."

"저, 저럴 수가……."

"이, 이건 꿈이야!"

그리고 놀라운 광경이 펼쳐졌다.

불의 구체로 날아들 때만 해도 숀의 손에는 아무것도 없었건만 어느새 그는 검을 꺼내 그 구체를 반으로 쪼갰던 것이다.

그런데 황당한 일은 그게 끝이 아니었다.

그의 검에 의해 반 토막이 난 불의 구체는 금방 터지며 사방으로 작은 불덩이를 날렸다.

이대로 두면 아무런 방어 대책도 없는 렌탈 영지군도 큰 피해를 입힐 수 있었다.

하지만 숀이 검을 한 바퀴 돌리자 날아가던 불덩이들이 모두 날아오더니 검 주위를 맹렬하게 돌다가 갑자기 모두 검 속으로 빨려 들어가는 것 아닌가.

이런 말도 안 되는 상황을 보며 일반 병사들은 물론 칼베르토까지 온몸을 부들부들 떨면서 경악했다.

하지만 이것은 겨우 시작에 불과했다.

"내가 제일 싫어하는 부류가 쥐새끼 같은 성향을 가진 자들이지. 방금 숨어서 마법을 쏘아 보낸 놈처럼 말이야."

"으으… 다들 저자를 향해 공격 마법을 퍼부어라! 어서!"

"알, 알겠습니다. 차가운 얼음의 기운이여……."

여전히 손은 허공에 떠 있는 상태로 이렇게 중얼거리며 똑바로 칼베르토를 노려보았다.

그러자 칼베르토는 부르르 떨며 옆에 있는 마법사들에게 캐스팅해 놓았던 마법을 쓰게 했다.

그로 인해 마법사들은 손을 타깃으로 잡고 공격 마법 주문을 외우기 시작했는데 바로 그 순간,

"감히 나를 향해 마법을 쓰려 하다니!"

샥~! 팟!

"으헉!"

"일단 누워라."

빠각!

"켁!"

"크악!"

털썩! 털썩!

허공에 내내 떠 있던 손의 몸이 순식간에 모두의 시야에

서 사라졌다.

그러더니 어느새 연합군의 가장 뒤쪽에 나타나 자신을 향해 공격을 하려 하던 마법사들을 간단하게 쓰러트리는 것 아닌가.

멀건 대낮에 두 눈을 크게 뜨고 있었건만 그 누구도 그의 움직임을 따라가지 못했다.

그러니 당하는 입장의 섬뜩함은 어떻겠는가.

"으으⋯⋯. 당, 당신은 인간이 아니로구나."

"내가 인간이 아니면? 괴물이라도 되는 것 같나?"

저벅저벅⋯⋯.

"무, 무엇들 하느냐! 어서 저자를 죽여라!"

주춤주춤⋯⋯.

눈 깜짝할 사이에 마법사 네 명을 간단하게 땅바닥에 처박아 놓고 자신에게 다가오자 칼베르토는 제정신이 아니었다.

그는 두려운 눈으로 손을 바라보고 있는 병사들을 향해 이렇게 소리쳤지만 병사들 그 누구도 감히 덤비지 못했다.

방금 전 워낙 엄청난 광경을 목격했으니 몸을 사릴 수밖에⋯⋯.

"죽이지는 않겠다. 하지만 지금부터 내가 어떤 인간인지 똑똑히 보아라."

턱! 슈우욱~~!

"으아아악~~~!"

놀랍게도 손은 한 손으로는 칼베르토의 멱살을 잡고 또한 손으로는 투석기 한 대를 움켜쥐었다.

자신의 키보다 다섯 배 이상이나 큰 그것이었지만 그는 그대로 둘을 든 채 허공으로 날아올랐다.

그리고는 들판이 잘 보이는 곳에 투석기를 세워 놓고 그 꼭대기에 칼베르토를 올려놓더니 어느새 빼앗아 놓았던 검 하나를 철사처럼 휘게 해서 그를 투석기에 묶어버렸다.

사람들은 모두 그 장면을 지켜보고 있었지만 그 누구도 입을 열 수 없었다.

그의 행동 하나하나가 워낙 믿을 수 없는 일들이라서 그럴 수밖에 없었다.

어쨌든 그렇게 해놓더니 손은 다시 양측 진영의 정중앙이 되는 지점 허공에 나타났다.

"모두 잘 들어라. 지금부터 내가 그대들에게 나의 능력을 보여주겠다. 이것을 보고도 고개를 쳐들고 있는 자는 용서하지 않으리라. 타핫!"

비비빙~~~!

"오, 오러 블레이드다!"

"오오! 전설의 소드 마스터가 분명하다!"

말이 끝나자마자 검에 힘을 주니 그의 검에서 눈부시게 푸른빛이 쭈욱 솟구쳐 올랐다.

그 길이는 무려 오 미터에 달했으며 그렇게 거대해진 검을 치켜든 손의 입에서 다시 일갈이 터져 나왔다.

"가랏!"

위잉~ 쐐에에에엑~!

콰콰콰쾅~~~!!

그렇게 거검(巨劍)이 날았으며 그 검은 연합군의 가장 뒤쪽으로 날아가더니 모든 투석기와 발리스터, 그리고 충차 등 대형 공성 무기들을 단숨에 박살 내버렸다.

그것은 소름끼치는 경이로움이었으며 전에도 후에도 절대 볼 수 없는 위대한 검술이었다.

Chapter 07

정리

건들면 죽는다

1

크롤 연합군 일천이백 명, 그리고 렌탈 영지군이 팔백여 명······. 도합 이천여 명이나 되는 엄청난 사람이 모여 있었 건만 그 누구도 입을 열지 못했다.

너무 놀란 데다가 자신이 방금 본 것이 진짜 현실인지 꿈 인지 구별이 되지 않아 그대로 굳어버렸던 것이다.

그런 가운데 공성무기와 특수 무기들을 모조리 박살 내 었던 손의 검이 다시 되돌아왔다.

휘리리릭~ 척!

"지금부터 항복하는 자는 무기를 버리고 고개를 숙여라.

그렇지 않고 계속 싸우기를 원하는 자는 그 자리에 서 있어도 좋다. 단! 그런 자들은 내 검을 원망하지 말도록!"

"……."

숀의 검은 날아갈 때도 그렇게 멋지더니 되돌아올 때도 감탄사가 절로 나올 만큼 멋졌다.

하지만 그 이후 이어진 그의 말에는 그 누구도 대답하지 못했다.

여전히 얼어 있었기 때문이다.

비비빙~~!

"셋을 세겠다. 그 이후에도 고개를 빳빳이 들고 있거나 검을 내려놓지 않은 자는 죽음을 맞으리라! 하나!"

"으으……. 이, 이걸 어쩌지?"

"그, 그러게 말이야."

숀이 다시 검에 섬뜩한 오러 블레이드를 끌어 올리며 이렇게 소리치자 마침내 연합군 여기저기에서 동요하는 말들이 들려왔다.

자신들은 무려 천이백 명이나 된다.

하지만 만일 고개를 숙이지 않으면 그가 들고 있는 검이 순식간에 자신의 목으로 날아들 것만 같았다. 그랬기에 다들 슬금슬금 검을 내려놓으려고 했다.

그런데 바로 그때, 그들의 지휘관 중 한 명이 그들을 향해 큰 소리로 이렇게 명령했다.

"항복하는 자는 내 손에 먼저 죽는다. 그러니 정신 똑바로 차려라! 우리는 아직 일천이백 명이나 되지 않느냐!"

위잉~ 싹둑!

툭! 떼구르르…….

"흐억! 이, 이럴 수가…….”

하지만 그자의 말이 끝나기 무섭게 손의 손에서 또다시 검이 날았고 순식간에 목을 베어 버렸다.

그건 정말 치가 떨리도록 소름끼치는 장면이었다.

검에 눈이 달린 것도 아닐 텐데 어떻게 그자의 목만 찾아서 베었는지 이해가 가지 않았다.

"항복을 방해하는 자는 더욱 용서할 수 없다. 둘!"

"항, 항복하겠습니다!"

챙그랑~!

넙죽!

"저도 항복입니다!"

툭! 챙그랑!

우르르르…….

손이 입에서 둘 소리가 떨어지기 무섭게 하나둘 항복을 선언하더니 금방 무려 삼 분의 일에 가까운 병력들이 검을 던지며 고개를 숙였다.

그러자 당황한 볼프와 지휘관들이 다시 소리쳤다.

"정신 나간 놈들아! 항복하지 말고 어서 전투 준비를
하……."

위잉~ 싹둑!

"컥!"

"내 손에 먼저 죽고 싶……."

휘리릭~ 윙~ 서걱!

"……."

툭! 떼구르르…….

정녕 이건 사람의 솜씨가 아니었다.

현재 각 부대의 지휘관들은 모두 병사들 틈에 섞여 있었
다.

그런 그들 가운데 손에게 항복하는 것을 막으려고 나섰
던 자에게는 어김없이 검이 날아갔으며 그것으로 생을 마
감해야만 했다.

그러자 그 어떤 지휘관도 더 이상 입을 열지 못했다.

생사를 결정짓는 사신이 코앞에 있었으니 어찌 함부로
떠들 수 있겠는가.

"저, 저럴 수가……. 저, 저 사람… 정말 인간 맞는 거
요?"

"허허… 감히 우리 주군을 괴물 취급하다니……. 혹시 당

신도 저 검에 맞고 싶은 거요?"

크롤은 완전히 제정신이 아니었다.

그는 태어나서 이렇게 무서운 광경은 본 적이 없었다.

플라이 마법을 쓰는 것인지는 몰라도 손은 여전히 허공에 떠 있는 상태였다.

그런데도 그가 손짓만 하면 오러 블레이드를 품고 있는 검이 날아갔으며 그것은 그의 명령을 무시하려는 자들에게 날아가 가차 없이 목을 베어 버렸다.

그건 오로지 사신만이 보여줄 수 있는 절대적인 신위였다.

그랬기에 자신도 모르게 이렇게 중얼거렸던 것이다.

그런데 바로 옆에 있던 멀린이 그 말을 듣자마자 그에게 핀잔을 주었던 것이다.

"크롤 백작. 당신은 지금 우리 사령관님께서 인간인지 아닌지를 따질 것이 아니라 오히려 감사드려야 할 거요."

"그건 또 무슨 말씀이시오?"

멀린은 이어서 이런 말도 하였다.

그러자 크롤은 영문을 모르겠다는 듯 고개를 갸웃거리며 얼른 되물었다.

"지금 저분께서는 당신의 영지군들을 살려주기 위해 지휘관들을 죽이고 계신 것이오. 만일 저런 식으로 일벌백계를 하지 않는다면 다들 항복하지 않을 테고 그것은 곧 엄청난 피의 향연이 벌어질 수 있음을 뜻하는 것이기 때문이오. 내 말이 무슨 뜻인지 알아듣겠소?"

"그, 그럴 수가……."

더 많은 병사를 살려주기 위해 어쩔 수없이 지휘관들을 죽인다는 말이다.

아까만 같았어도 크롤은 단 한 사람이 어떻게 천 명이 훨씬 넘는 병사를 죽일 수 있냐고 따졌겠지만 지금은 그럴 수가 없었다.

이제는 저 무서운 인간이 화가 나면 충분히 그럴 수 있다는 생각이 들었기 때문이다.

"저기를 보시오. 주군께서 마법사인 켈베르토를 죽이지 않으신 것도 그를 보고 반항을 멈추라는 뜻이었소. 그런데도 아직 어리석은 지휘관들이 그 잘난 기사도 정신을 앞세우기 위해 나선 것이니 죽어도 할 말이 없을게요."

"으음… 설마 현실에서 이런 말도 안 되는 일이 진짜로 일어나다니… 어떻게 이런 일이… 어떻게……."

그가 멀린과 대화를 나누는 사이에도 연합군의 지휘관들이 상당수 죽어나갔다.

그와 동시에 항복하는 자들은 더욱 늘어났다.

이제는 거의 다 무기를 던진 것 같았다. 그리고 마침내 손의 입이 다시 열렸다.

"나는 관대하다. 고로 누구든 진심으로 항복하면 절대 죽이지 않는다. 하지만 내 말을 무시하는 자는 용서하는 법도 없다는 것을 명심하도록! 셋!"

"항복합니다!"

"항복이오!"

챙그랑~! 투둑!

털썩······.

셋이란 말이 끝나자마자 그때까지 망설이던 자들이 모두 검을 집어 던지고 모두 바닥에 무릎을 꿇었다.

그리고 놀랍게도 이때는 그 누구도 머리를 들고 있지 않았다.

하긴 끝까지 버틸 만했던 자들은 이미 다 죽은 상황이라 당연한 일인지도 몰랐다.

결국 손은 자신의 장담대로 혼자 일천이백 명이나 되는 군대를 항복시켰던 것이다.

"너희는 윗사람의 명령을 받아 어쩔 수 없이 여기까지 왔을 것이다. 그러나 너희와 우리는 같은 왕국민이다. 이렇게 서로 검을 겨눌 사이가 아니라는 뜻이다. 그런 이상 나는 이미 항복한 너희를 벌할 생각이 없다."

"그 말씀, 믿어도 됩니까?"

손이 여기까지 말을 하자 항복했던 자들 가운데 기사 복
장을 하고 있는 덩치 큰 사내가 일어나더니 이렇게 물었다.

"너는 누구냐?"

"저는 크롤 영지의 외곽 경비 대장을 맡고 있는 기사 한
센이라고 합니다."

"좋아, 한센."

"네, 말씀하십시오!"

한센이라는 자는 큰 덩치에 수염까지 덥수룩해 한눈에도
무척 호탕한 사내처럼 보였다.

그런 인상이 마음에 들었는지 손은 입가에 미소를 띠며
다시 그를 불렀다.

"자네는 내가 한입으로 두말을 하는 사람처럼 보이는
가?"

"그건 아닙니다."

"그래, 맞다. 나는 내 말에 책임을 지는 사람이다. 그 말
은 반대로 자신의 말에 책임을 지지 않는 사람을 가장 싫어
한다는 뜻도 된다. 특히 이쯤이면 나와 내기를 한 사람이
앞으로 와서 약속에 대한 책임을 져야 한다고 생각하는
데…… 안 그런가?"

한센의 말에 대답을 하면서 시선은 멀리서 자신들을 바
라보고 있던 크롤을 향했다.

그 눈빛을 받은 크롤은 한 차례 몸을 부르르 떨더니 얼른 그가 있는 쪽으로 말을 몰았다.

숀의 목소리는 작은 것 같았지만 이 들판 안에 있는 모두에게 똑똑히 들리고 있었던 것이다.

"미테란 드 크롤이 주군께 인사 올립니다."

"헙!"

그래서인지 잽싸게 숀의 앞까지 달려온 크롤은 얼른 말에서 내리더니 숀을 향해 정중히 고개를 숙이며 이렇게 말했다.

순간, 한센은 너무 놀라 헛바람 소리를 낼 수밖에 없었다.

2

결국 전쟁이 숀의 승리로 막을 내리자 양측의 병사들은 그를 신처럼 우러러 보게 되었다.

원래부터 렌탈 영지의 기사들과 병사들은 그를 존경하고 절대적으로 따르고 있었지만 그의 능력이 이 정도일 줄은 몰랐다.

소드 마스터쯤 되는 절대적인 능력자라 해도 이런 엄청난 일을 할 수는 없었다.

그랬기에 그들 사이에서는 손의 능력이 새롭게 평가되고 있었다.

"자네들 가운데 혹시 소드 마스터를 직접 본 적 있는 사람 있나?"

"말은 많이 들어봤지만 직접 본 적은 없지. 무엇보다 우리 왕국에는 아직까지 소드 마스터는 없었잖아. 이웃 왕국도 마찬가지고. 최소한 제국으로 유학을 갔다 오지 않은 이상 본다는 것은 불가능하지 않겠어?"

전쟁이 끝나고 정리 단계에 들어가자 어느 정도 긴장이 풀린 렌탈 영지의 기사들은 이런 이야기를 나누고 있었다.

궂은일은 병사들이 하고 있었으니 그나마 기사들은 잡담할 여유가 생겼던 것이다.

그 가운데 갑자기 질문을 던진 사람은 과거 단데스 영지의 보병 부대장이었던 아론이었다.

그에 대답을 한 사람은 역시 같은 영지 출신인 콜린이다.

두 사람은 이미 완벽한 렌탈 영지의 기사가 된 상태다.

하긴 영지 자체도 하나로 통일되었으니 당연한 일이겠지만…….

"그래. 하지만 진짜 소드 마스터가 이 자리에 나타난다고 해도 절대 우리 사령관님을 이길 수는 없다는 데 백 골드 걸지."

"참내… 자네 지금 장난하나? 그럼 나는 사령관님께서 이긴다는 데 이백 골드 걸어야겠군. 이 사람아, 이미 우리 사령관님은 소드 마스터의 경지를 벗어나셨어. 자네나 나나 지금까지 평생 검에 목숨을 걸고 살았는데 그 정도도 모르겠나?"

아론이 갑자기 내기를 하자는 듯 이렇게 말하자 콜린이 어이가 없다는 듯 핀잔을 주었다.

하긴 아까 손이 보여주었던 검술은 누가 봐도 소드 마스터 이상이었다.

아무리 소드 마스터라 해도 오러 블레이드를 주입한 상태로 검을 날릴 수는 없기 때문이다.

"자네 생각도 그렇지? 그래서 말인데 저분은 이제 소드 마스터가 아니라 그랜드 마스터가 아닐까 싶어."

"이 사람아, 아닐까 싶어가 아니라 그랜드 마스터가 확실하다네."

순간 두 사람은 누가 들을세라 목소리를 확 낮추며 이렇게 소곤거렸다. 내용이 워낙 엄청났기에 그런 모양이다.

하긴 소드 마스터 한 명 없는 칼론 왕국에 그랜드 마스터가 나타났다는 말이 돌면 얼마나 큰 소동이 일어나겠는가.

두 사람은 그 점이 걱정스러웠던 것이다.

하지만 알고 보면 이것이야말로 엄청난 착각이었다.

렌탈 영지에 소드 마스터가 등장했다는 소문은 이미 왕국 전체에 퍼져 있었지만 그 말을 믿는 사람은 거의 없다.

하물며 이런 시골 영지에서 그랜드 마스터가 나타났다고 하면 누가 믿겠는가.

"그나저나 우리는 정말 운이 좋은 것 같아. 아까 봤지? 크롤 연합군의 기사들이 그분의 말씀에 반항하다가 단번에 목이 잘린 것 말이야."

"휴우… 나도 그 장면을 보는 순간 목이 잘 붙어 있는지 쓰다듬어 보았다네. 나와 홀스 대장님도 그때 사령관님의 뒤를 노리다가 죽을 뻔하지 않았던가. 지금 생각해 보니 진짜 아찔한 순간이었어."

당시 이들은 손에게 죽기 직전까지 얻어맞기는 했지만 나중에 치료까지 받아 멀쩡해질 수 있었다.

그리고 곧 항복을 권유받고 렌탈 영지 사람이 될 수 있었던 것이다.

그런 자신들과 달리 연합군의 기사들은 그런 기회조차 얻을 수 없었다.

이들은 모두 기본적인 병법을 알고 있는 기사들인지라 어째서 그들이 죽을 수밖에 없었는지 알고 있었다.

그들은 대를 위해 희생당했던 것이다.

"아무튼 조만간 우리 왕국이 저분으로 인해서 발칵 뒤집힐 것은 분명해. 요즘 위엣분들 움직이는 것을 보면 뭔가 큰일을 꾸미고 있는 것 같거든. 당장 오늘만 해도 그렇게 고고한 척하던 크롤 백작이 우리 사령관님께 고개 숙이는 것 자네도 봤잖아."

"물론이지. 그 모습을 보고 내가 얼마나 놀랐는데. 이렇게 되면 결국 세 개 영지가 하나로 통합된 거잖아. 이대로 가면 왕자님들의 신경을 건들 수도 있을 텐데… 앞으로 어떻게 흘러갈지 걱정 반 기대 반이야."

두 사람은 목소리를 낮춘 채 이야기하고 있었지만 그 주위를 오가고 있던 병사들도 다 듣고 있었다.

그리고 어느새 그들은 일을 하면서 자신들끼리 그랜드 마스터 어쩌고 하는 대화를 나누기 시작했다.

이렇게 숀은 이들 사이에서 그랜드 마스터가 되어가고 있었던 것이다.

"저자를 내려서 호송 마차에 태워라."

"알겠습니다!'

그들이 추앙하고 있는 숀은 이때 투석기 꼭대기에 매달아 놓았던 마법사 칼베르토를 내리게 하였다.

그를 매달아 놓을 때 이미 혈도를 점해 놓았기 때문에 병사들이 내려도 걱정할 필요가 없었다.

"저자를 어떻게 하실 생각입니까?'

"내가 포로를 대하는 방식은 언제나 똑같소. 우리를 따를 것이냐, 아니면 죽을 것이냐 둘 중 하나요."

그 모습을 지켜보던 크롤 백작이 조심스럽게 물었다.

어쨌든 돕는답시고 와서 자신의 영지를 전복하려고 했던 사람이니 그에 대한 처우가 궁금할 수밖에……

그러자 숀은 당연하다는 듯 이렇게 대답했다.

"하지만 만에 하나 저자와 가롯을 죽이게 되면 테우신 백작이 가만히 있지 않을 겁니다."

"이것 보시오. 크롤 백작."

"네, 주군."

과연 크롤은 신의가 있었다.

그는 내기에서 지면 숀을 주인으로 모시겠다고 한 약속을 철저히 지키고 있었던 것이다.

숀은 이미 그의 이런 태도가 진심임을 알고 있었기에 비록 복잡한 과정을 거쳤지만 그런 그를 수하로 삼은 것을 만족스러워했다.

"그대는 복수를 하고 싶지 않소?"

"하고 싶습니다."

"내가 처음 당신과 약속을 할 때 복수도 해준다고 했던 것 기억하시오?"

"그, 그렇습니다."

그가 그것을 기억하지 못할 리 없었다.

하지만 슌도 그 생각을 하고 있을 것이라고는 미처 생각하지 못했다.

그랬기에 슌의 질문이 새삼스럽게 다가왔다.

"어차피 복수를 하려면 테우신 백작과 시원하게 한 판 해야 할 텐데 뭘 걱정하는 것이오? 내가 설마 그런 인간을 두려워한다고 생각하는 것은 아니겠지요?"

"물론입니다."

"내가 당신을 수하로 삼은 것은 겨우 이런 지방에서 땅이나 넓히자고 그랬던 것이 아니오. 나에게는 더 큰일이 있거든. 그 일을 하려면 우리는 어차피 수많은 전쟁을 치러야할 거요. 그러려면 확고한 원칙을 가지고 있어야 하오. 따르는 자들에게는 자비를 베풀고 그렇지 않은 자들에게는 단호한 응징을 한다. 바로 이게 우리의 원칙이오. 알겠소?"

"명심하겠습니다. 주군."

아직 크롤은 슌의 신분을 모른다. 이제 막 수하가 된 상황이니 모르는 것이 당연했지만 그를 대하면 대할수록 그가 보통 사람이 아니라는 것은 확실하게 느낄 수 있었다.

그리고 이 사람이라면 복수는 물론 어쩌면 자신이 꿈만 꾸었던 일들까지도 해낼 수 있을 것 같은 예감이 들었다.

"그런데 가끔은 나에게 반항을 해도 내 사람을 만들고 싶을 때가 있소. 그럴 때는 작전을 조금 바꾸기도 하지. 그대처럼 말이오. 그래서 하는 말인데 당신 생각에 칼베르토는 어떤 사람인 것 같소?"

"자만심이 높고 고집도 세며 은근히 잘난 체하는 것을 즐기는 사람이기는 합니다만 나름 쓸모는 있을 것 같습니다."

숀은 크롤의 대답 여하에 따라 칼베르토를 요리하려는 것 같았다.

그런데 의외로 크롤은 그를 높게 평가해 주고 있었다.

"어째서 쓸모가 있을 것 같소?"

"일단 5서클 마법사가 흔한 것은 아니지요. 게다가 그는 다른 마법사에 비하면 병법 쪽에 조예가 깊은 것 같더군요. 마음만 돌릴 수 있다면 분명 써 먹을 곳이 많을 것입니다."

의외로 크롤은 참모적인 기질이 있었다.

하긴 지금까지는 백작이라는 신분 때문에 영지를 다스리기만 했지, 이런 일을 한 적은 없었으니 그런 재능이 있는지 본인도 몰랐을 것이다.

거기까지 생각해 낸 숀은 새삼스러운 눈으로 크롤을 유심히 바라보았다.

3

크롤 백작의 숙부인 테우신은 원래부터 둘째 왕자를 지지하는 사람이었다.

그가 크롤 가문에서 알거지 비슷하게 쫓겨난 후 이만큼 성장할 수 있었던 배경에는 둘째 왕자의 도움이 있었다.

크리스티안이 어떤 목적을 가지고 도움을 주었든 그건 당시의 테우신에게는 그리 중요한 일이 아니었다. 무조건 살고 봐야 했기 때문이다.

그리고 어쨌든 그 덕분에 그는 지금 왕국 내에서도 손에 꼽힐 정도로 막강한 권력을 가지게 되었고 결국 자신을 내쫓았던 크롤 본가를 집어삼킬 계획까지 세울 수가 있었다.

결국 애초부터 첫째 왕자 측 사람이었던 크롤 백작은 처음부터 자신과 적대 관계였던 테우신에게 도움을 요청한 꼴이었다.

"끄응… 그것도 모르고 찾아가서 도움을 청했다니……."

"크롤 영지를 먼저 집어삼키고 그다음 렌탈 영지까지 차지해 버리면 크리스티안 왕자님은 단데스 영지를 빼앗겼던 복수까지 하게 되는 거였습니다. 설마 이곳에 저렇게 무서운 분이 계실 줄은 몰랐던 것이지요."

마법사 칼베르토는 의외로 쉽게 항복을 했다.

자신의 눈으로 손의 능력을 똑똑히 보고 겪었으니 더 이상의 저항은 무의미하다고 판단한 데다가 의외로 손이 친

절하게 대해주어서이다.

원래부터 마법사들은 특별한 경우가 아니면 기사들보다 충성심이 약할 수밖에 없다.

기사들은 영지에서 크는 경우가 태반이지만 마법사들은 외부에서 영입되는 경우가 보통이기 때문이다.

칼베르토 역시 돈 때문에 고용되었던 자였기에 테우신을 위해 목숨까지 걸 이유가 없었다.

그랬기에 지금 테우신에 관한 정보도 술술 털어놓고 있었다.

그 이야기를 듣던 크롤은 황당할 수밖에 없었고…….

"결국 둘째 왕자 크리스티안은 테우신 백작을 이용해 이쪽 지역을 단숨에 모두 장악할 속셈이었군. 아무리 시골 영지라 하지만 세 개 영지를 모두 흡수한다면 결코 작은 힘은 아닐 테니 말이오."

"그렇습니다. 이건 제가 지난번에 우연히 엿듣게 된 내용인데요… 왜 지난번 렌탈 영지에서 단데스 자작의 영지를 쉽게 합병한 일이 있었지요?"

"음… 그렇소."

칼베르트가 무서운 분이라는 표현을 하며 손을 바라보자 이번에는 크롤 대신 그가 나서서 한마디 했다.

그러자 칼베르토는 목소리를 낮추며 이런 질문을 던졌

다. 뭔가 중요한 내용을 이야기하려는 것 같았다.

"원래는 둘째 왕자님이 그 영지를 내주지 않으려고 했었답니다. 하지만 첫째 왕자님께서 부당하다며 나서서 딴죽을 거는 바람에 어쩔 수 없이 내어주게 되었던 것이라고 하더군요. 하지만 알고 보면 당시 둘째 왕자님은 벌써 테우신 백작을 이용해 크롤 영지와 단데스 영지, 그리고 렌탈 영지 모두를 집어삼킬 계획을 세우고 있었던 모양입니다. 그랬기에 순순히 넘겨주는 척했던 것이고요."

"허어… 역시 듣던 대로 둘째 왕자가 첫째 왕자보다 잔머리가 뛰어난 것 같네. 상대를 방심하게 만든 다음 순식간에 실속을 되찾겠다, 이건가? 그것 참 기발한 생각이로군."

숀은 진심으로 감탄했다.

둘째 왕자 크리스티안은 그의 작은 아버지다.

물론 그렇다고 해도 단 한 번도 본 적이 없었기에 그에 관한 일은 모두 들어서 안 것뿐이다.

그러나 그것만으로도 그가 얼마나 두뇌 회전이 빠른지 알 수 있었다.

"하지만 사령관님으로 인해 그의 계획은 시작부터 완전히 틀어졌다고 할 수 있습니다. 그리고 이것은 곧 이곳 분들에게는 엄청난 기회라고 할 수 있지요."

"그건 또 무슨 말이오? 기회라니?"

어차피 항복한 몸이라 그런지 칼베르토는 생각보다 훨씬 더 협조적이었다.

어쩌면 이곳에서도 어느 정도 대우를 받으려면 자신의 뛰어난 모습을 보여주어야 한다고 판단한 것인지도 모른다.

그리고 그 덕분에 숀은 더욱 호기심이 커질 수밖에 없었다.

"표면적으로 크롤 영지군과 테우신 백작군의 연합 작전은 실패로 끝났습니다. 그로 인해 먼저 전쟁을 걸었던 크롤 백작님은 영지를 내주어야 하는 상황에 빠진 상태입니다. 이렇게 된 이상 둘째 왕자는 자신의 음모를 감추기 위해서라도 보나 마나 첫째 왕자님께 크롤 영지도 렌탈 남작님께 주라고 할 것이 분명합니다. 그러니 큰 기회라고 할 수 있지요. 이렇게 되면 렌탈 남작님이야말로 변방의 막강한 세력가로 급부상할 수 있을 테니까요."

"호오… 그거 일리가 있는 말이로군. 결국 지난번 단데스 영지를 주게 했던 첫째 왕자는 아, 소리도 못하고 꼼짝없이 내주어야 한다, 이거 아니오?"

칼베르토의 설명에 숀이 알았다는 듯 감탄사를 흘리며 얼른 이렇게 되물었다.

만일 일이 그렇게만 돌아간다면 여러 가지로 유리해질

터이니 살짝 흥분할 만도 했다.

"바로 그렇습니다. 단지 일이 그렇게 되면 테우신 백작이 절대 가만히 있지 않을 것입니다. 어쨌든 무려 일천 명이나 되는 병력은 물론 저희 마법 병단과 블랙 기사단까지 잃은 셈이니 말입니다."

"하지만 아무리 테우신 백작이라고 해도 그렇게 큰 피해를 입었는데 당장 뭘 할 수 있겠소?"

아무리 백작이라고는 하나 일천 명의 병력에 기사단과 마법 병단까지 잃은 것은 절대 작은 피해가 아니었다.

같은 백작인 크롤만 해도 총 영지군이 일천 명 아니었던가.

물론 그보다야 많겠지만 아무리 그래도 한동안은 다른 생각을 할 수 없을 거라는 게 숀의 판단이었다.

"그건 잘못 생각하고 계신 겁니다. 아직 테우신 백작가에는 정예 병사가 사천여 명 이상 남아 있습니다. 뿐만 아니라 블랙 기사단에 못지않은 강력한 기사단이 네 개에 마법 병단도 두 개나 더 있습니다. 절대 소홀히 볼 수 있는 전력이 아니지요."

"그건 이자의 말이 맞을 겁니다. 제가 숙부에게 병사를 요청하러 갔을 때 본 병사들만 해도 그 수가 엄청 났었거든요."

칼베르토의 말에 크롤이 동조하고 나섰다.

사실 테우신 백작의 영지는 왕국의 중심에서 그리 멀지 않은 곳이다.

그런 곳이다 보니 인구수도 많았고 왕국 각지와의 교역도 활발해 경제력도 대단했다.

그런 만큼 그 정도 병력을 갖추고 있는 것은 어찌 보면 당연한 일이라고 할 수 있었다.

"거기서 여기까지 그 병력들을 모두 이끌고 온다고 하면 시간이 얼마나 걸릴 것 같소?"

"저희가 와봐서 알지만 대략 한 달 정도면 충분할 것입니다."

예상보다 훨씬 많은 병력을 보유하고 있다는 말을 듣고도 숀의 표정은 별반 달라지지 않았다. 그는 이처럼 태연한 얼굴로 갑작스러운 질문을 던졌다.

"우리가 이리 저리 최대한 정보를 차단하면서 시간을 끌게 되면 자신의 계획이 실패했다는 것을 알게 되는 데만도 한 달은 걸릴 테고 거기에 대책을 세운답시고 허송세월 보내는 것이 또 한 달에다가 크리스티안 왕자에게 보고를 하고 영지전을 허락받는 데 족히 두 달에다가… 또……."

칼베르토의 대답을 듣자 숀은 갑자기 뭔가를 열심히 계산하기 시작했다.

보아하니 테우신이 복수를 하기 위해 오는 데까지 걸리
는 시간을 재보는 것 같았다.

　"테우신 백작이 군대를 이끌고 우리 영지를 치기 위해 오
려면 아무리 짧게 잡아도 최소 반년 이상은 걸리겠군. 여러
가지 정치적 상황이나 여건이 맞지 않으면 일 년은 걸릴 테
고 말이야. 안 그렇소?"

　"그, 그건 그럴 것입니다. 일단 무조건 둘째 왕자님의 허
락을 먼저 받아야 하는 데다가 거리도 그리 가까운 편은 아
니니 변수가 많을 수밖에 없겠지요."

　한참 시간을 재던 손이 자신을 똑바로 쳐다보며 이렇게
묻자 칼베르토는 얼떨떨한 표정으로 대꾸했다.

　그의 의도가 무엇인지 알 수 없었던 탓이다.

　"하지만 우리는 좀 다르지. 새롭게 맞이하게 된 식구들과
손발만 맞출 수 있게 되면 그 누구의 눈치도 볼 것 없이 곧
장 달려가면 될 테니까 말이야. 안 그런가요, 영주님?"

　"그, 그건 그렇소만……."

　내내 침묵만 지키던 렌탈이 손의 돌발 질문에 깜짝 놀라
며 간신히 대꾸했다. 그 내용이 워낙 엄청났기 때문이다.

　그러자 손의 얼굴에 짓궂어 보이는 미소가 떠올랐다.

　뭔가 꿍꿍이가 있는 것 같은 그런 미소가…….

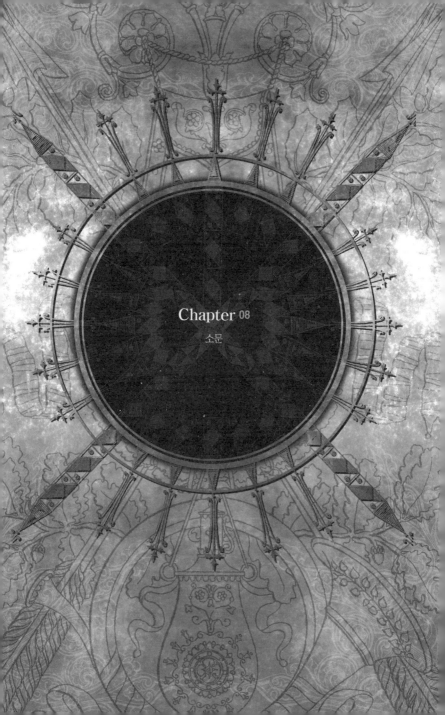

Chapter 08

소문

건들면 죽는다

1

대외적으로 밤그림자는 상인 집단이다.

그들은 왕국 여기저기에 지점을 설치하고 있었으며 각 지점마다 적당한 인원을 배치해 놓은 상태다.

하지만 그 누구도 그 지점들이 하나의 상단 소속임은 모르고 있었다. 일절 비밀로 운영해 왔기 때문이다.

그리고 지금 그 점은 무척이나 유용하게 쓰일 수 있을 것 같았다.

"갑자기 인근 지점장들까지 모두 불러들이시다니… 큰일이라도 벌어진 것입니까?"

렌탈 영지와 크롤 연합군의 전쟁이 끝난 지도 벌써 열흘이 지났다.

그때 이후로 밤그림자는 평상시와 같은 일상으로 돌아온 상태였는데 갑자기 오늘 총수 소피아가 장로들을 비롯한 간부들은 물론, 하루 내에 도착할 수 있는 지점장들까지 모두 소집하는 사건이 일어났다.

사전에 아무런 말도 없다가 소집령을 내린 터라, 외출을 했다가 부랴부랴 총단으로 돌아온 첫째 장로 베네딕트는 소피아를 보자마자 대뜸 이렇게 물었다.

조직에 큰 위기가 닥쳤거나 아니면 그에 준하는 사건이 터지지 않고서는 이런 경우가 드물었기 때문이다.

"물론이에요. 어쩌면 그동안 우리가 그렇게 염원했던 일이 가능해질지도 모를 만큼 큰일이라고 할 수 있지요."

"염원했던 일이 가능해질지도 모른다고요? 그, 그게 정말이십니까?"

그들이 염원하는 일은 가문의 부흥이다.

과거 억울하게 누명을 쓰고 몰락한 가문을 일으키기 위해 그동안 얼마나 노력해 왔던가.

하지만 그 일은 생각보다 어려웠다.

그러기 위해서는 막강한 권력자의 도움을 받아야 했지만 지금까지 만났던 귀족들은 그들의 재물만 이용하려 했었지, 실제 도움을 준 적은 없었던 것이다.

그러다가 만난 사람이 바로 손이었다. 어쩌면 그가 이들에게는 마지막 희망인지도 몰랐다.

"일단 다른 것은 몰라도 지난번 크롤 연합군을 골탕 먹이던 일보다 훨씬 의미 있는 일일 거예요. 동시에 우리의 염원에 조금 더 가까워질 수 있는 일이기도 하고요."

"궁금해 죽겠습니다. 어떤 일인지 어서 말씀을 해주십시오."

이번에는 셋째 장로 던컨이 보챘다.

그리고 보니 어느새 자리에는 장로들을 비롯한 간부들이 모여 있었다.

지점장들은 가까운 곳에서 온다고 해도 내일이나 되어야 다 모일 터였다.

그전에 가장 중요한 사안은 측근들과 먼저 결정해야 할 일이었기에 소피아는 일부러 이들부터 불렀던 모양이다.

"지난번에 한 번 해보았던 일인지라 그리 어렵지는 않을 거예요. 다만 인근 영지까지 영역을 확대해서 하는 것만 다를 뿐……."

"지난번 해본 일이라고요? 그게 대체 뭐지? 너희는 알겠느냐?"

"우리가 해본 일이 어디 한두 가지 인가요? 어떤 종류의 일인지조차 모르는데 그것을 어찌 알겠습니까?"

소피아의 말은 쉬운 것 같으면서도 여전히 오리무중이었다.

그래서인지 첫째 장로 베네딕트는 아우들을 돌아보며 그들에게 물었다.

하지만 돌아온 대답은 넷째 장로 조프리의 푸념뿐이었다.

"호호……. 제가 너무 말을 빙빙 돌리고 있나요?"

"네!"

"어머, 죄송해요. 주군께서 워낙 입단속이 중요하다고 강조하시는 바람에 저도 모르게 그랬던 모양이네요."

소피아의 태도에 약이 올랐던지 약간은 퉁명스러운 말투로 대답했던 장로들이 갑자기 숙연해졌다.

그녀의 입에서 주군이라는 말이 나오자마자 바뀐 것이다.

원래도 이들은 손을 두려워하면서 존경했었다.

하지만 이번 전쟁을 통해 그에 대한 그들의 마음은 경외지심으로 바뀌었다.

특히 장로들은 이제 손의 말이라면 죽는 시늉까지 할 정도로 변했다.

하긴 그들처럼 평생을 검을 위해 바쳐온 사람들이 손과

같은 '검술의 완성자'를 만났으니 그럴 만도 했다.

"주군께서 내리신 명령이라면 무조건 따라야지요. 그러니 이제 어서 우리가 무엇을 해야 하는지 말씀해 주십시오."

"소문을 내야 해요."

"소문이요? 어떤 소문을 말씀하시는 겁니까?"

베네딕트의 요구에 소피아가 대뜸 이렇게 말했다.

그러자 장로들은 더욱 궁금하다는 표정을 지으며 다시 물었다.

"테우신 백작이 지원군을 핑계 삼아 크롤 영지를 집어삼키려다가 실패했다는 소문을 내야 합니다. 그로 인해 크롤 연합군이 렌탈 영지군에게 승리할 수 있었던 기회를 놓치는 바람에 결국 패배했다는 것도 말입니다."

"그, 그건 사실과 조금 다른 것 아닙니까?"

결론은 비슷했지만 내용은 베네딕트의 반문처럼 실제와 완전히 달랐다.

테우신 지원군은 크롤 영지를 전복시킬 수 있는 시도조차 한 번 못 해본 데다가 가롯은 그 전에 포로가 되지 않았었던가.

그뿐 아니라 그것과 전쟁의 승패는 아무런 상관도 없었다.

"누가 그걸 모르나요? 그리고 그 사실대로 소문이 퍼질 것 같으면 우리가 필요할 일도 없겠죠. 무조건 제가 이야기했던 것처럼 소문을 내야 합니다. 그것도 최대한 멀리까지 빠른 속도로 말입니다. 그게 주군의 뜻입니다."

"주군의 명령이라면 무조건 따라야 하겠지만 한 가지 이해가 가지 않는 것이 있습니다."

"뭔가요?"

다시 베네딕트가 장로들을 대표해 이렇게 물었다.

손이 원하는 것은 일단 하겠지만 궁금한 것은 해소하고 싶었던 모양이다.

"그렇게 소문을 내면 대부분 사람들이 이번 렌탈 영지의 승리를 운으로 여기지 않을까요? 오히려 그것보다는 우리 주군을 더욱 영웅시할 수 있는 소문을 내는 게 나을 것 같은데요. 그리고 또 이런 소문을 듣게 되면 보나마나 테우신 백작이 자신의 체면을 살리기 위해서라도 오히려 죄를 렌탈 영지에 뒤집어씌우고 전쟁을 선포하게 될지도 모릅니다. 그건 피해야 할 것 같은데……."

"저도 베네딕트 장로님과 똑같은 질문을 했었어요. 그랬더니 주군께서는 이렇게 대답하시더군요."

"어떤……."

소피아의 말이 떨어지기 무섭게 장로들은 물론 다른 간

부들까지도 마른침을 삼키며 그녀의 다음 말을 기다렸다.

숀이 어떤 말을 했는지 그만큼 궁금했던 것이다.

그러자 소피아는 그때의 순간을 떠올렸다.

"어차피 우리는 앞으로 더욱 큰일을 해야 하오. 그러기 위해서는 중앙으로 진출할 수 있는 교두보를 마련해야 하지 않겠소? 방금 내가 이야기했던 소문을 퍼트리게 되면 누구든 크롤 백작은 테우신 백작과 원수지간이 되었다고 생각할 것이오. 힘을 빌릴 수만 있다면 복수를 하는 것이 옳다고 생각할 정도로 말이오. 사람들이 그런 생각을 하며 테우신 백작을 비난하기 시작할 때 바로 우리가 크롤 백작을 위해 힘을 빌려주면 어떻게 되겠소?"

"그, 그렇게 되면 주군과 렌탈 영지군은 힘없는 크롤 백작을 도와주는 정의의 사도로 비춰지겠군요. 오, 맙소사! 그건 곧 테우신 백작의 영지를 칠 수 있다는 말이군요! 결국 그곳을 점령해서 교두보로 삼겠다는 뜻일 테고요!"

숀의 의도를 알아차리는 순간 소피아는 얼마나 놀랐던지 벌떡 일어난 채 흥분해서 이렇게 외쳤다.

만일 숀의 말대로 된다면 이거야말로 두 왕자의 세력이 균형을 이루던 왕국의 정세에 큰 변수로 등장할 수도 있었다.

그리고 그것은 곧 자신들에게도 기회가 찾아올 수 있음을 뜻했다.

자신들이 밀고 있는 셋째 왕자의 세력이 형성되는 것이기도 했기 때문이다.

"역시 그대는 똑똑하군. 바로 맞췄소. 그리고 만에 하나 그전에 테우신이 복수를 한답시고 쳐들어온다면 더 바랄 나위 없을 거요. 가만히 앉아서 코 푸는 격이 될 테니 말이오. 어쨌든 우리가 대의명분을 얻느냐 못 얻느냐는 모두 그대들에게 달린 것이니 기왕이면 최선을 다해 주시기 바라오."

"신, 소피아. 목숨 걸고 주군의 명을 이행하겠습니다."

"하하! 당신처럼 아름다운 사람이 목숨까지 거는 것은 싫소. 작전이 실패해도 상관없으니 그런 무리한 행동은 절대 하지 마시오."

"주, 주군……."

여기까지 떠올리던 소피아의 얼굴이 갑자기 빨개졌다.

그때 손이 보여주었던 따뜻한 눈빛과 관심 어린 말이 다시 떠오른 탓이다.

"총수님! 무슨 생각을 그렇게 하십니까? 얼굴까지 빨개지시는 것을 보니 뭔가 수상한데요?"

"어머, 미안해요. 워낙 중요한 대화를 나누었던 터라 제가 또 흥분했던 모양이네요. 지금부터 자세히 말씀드릴 테니 잘 들어 주세요."

이미 능구렁이 같은 장로들이 그녀의 마음을 짐작하지 못할 리 없었다.

하지만 그녀가 손과 잘되어서 나쁠 일은 전혀 없었기에 알면서도 모르는 척하며 그녀의 말에 귀를 기울이기 시작했다.

2

소피아 상단이 취급하는 품목은 생필품 전부를 비롯해 없는 게 없었다.

그러다 보니 그들의 지부는 사방팔방 없는 곳이 없을 정도였다.

그렇다고 모든 지점이 다 큰 것은 아니었다.

오히려 작고 소박한 점포가 더 많을 정도다.

힘을 잃은 가문이 악착 같이 생존하려면 최대한 다른 사람 눈에 띄지 않는 것이 현명했기에 그럴 수밖에 없었다.

대신 그들의 입을 통해 나가는 이야기들은 사람들에게 꽤 큰 신빙성을 안겨주었다.

원래 소문은 소박한 사람들 사이에 전달이 되어야 더 빨리 퍼지는 법 아니겠는가.

"귀족들이 하는 일은 정말 이해가 가지 않는다니까."

"뜬금없이 그게 무슨 말인가?"

렌탈 영지에서 동쪽으로 한참 가다 보면 무척이나 시장이 잘 발달되어 있는 도시가 나온다.

이곳이 바로 테우신 백작이 다스리고 있는 곳이다.

원래 이곳은 영지 내에 형성되어 있던 시장이었지만 워낙 사람들이 많이 모이다 보니 마침내 하나의 도시로 성장해 버렸다.

그리고 해마다 이곳에서 들어오는 세금은 전체 영지에서 들어오는 것보다 세 배나 많았으니 그 규모가 얼마나 대단하겠는가.

어쨌든 바로 이 도시에서 식료품 상점을 하고 있는 누그론이 방금 찾아 온 단골손님이자 친구인 밀리안에게 대뜸 이런 말을 던졌다.

곧바로 호기심이 동할 수밖에 없는 내용이다.

"어제 우리 상점에 납품을 하는 사람들이 전해준 말인데… 아니다, 괜히 자네에게 이런 말을 했다가 큰일 날라. 그냥 못 들은 것으로 하게."

"어허~! 이 사람이 대체 왜 그러는 거야? 나한테 무슨 말을 하든 큰일 날 일이 뭐가 있다고 그러는가?"

말을 꺼내서 호기심만 잔뜩 생기게 해놓고서는 기껏 한다는 말이 못들은 것으로 하라니… 밀리안으로서는 부아가 치미는 태도다.

"나도 자네에게 이야기해 주고 싶긴 하네만 이런 말을 잘못 전달했다가 행여 윗사람에게까지 들어갔다가는 경을 칠지도 몰라서 말일세. 물론 자네 입이 가벼워서 그런 일이 생길 거라고는 생각하지 않는다네. 하지만 사람인 이상 가끔 실수도 하는 법이니……."

"대체 무슨 이야기인지는 모르겠네만 절대 내 입에서 새어 나가지 않게 하겠다고 맹세할 테니 어서 말해보게. 아니, 혹시 다른 사람에게 전달할 일이 생겨도 자네에게 들었다는 말은 하지 않겠네."

결국 밀리안이 맹세까지 하며 이렇게 말하자 누그론이 어쩔 수 없다는 듯 고개를 절레절레 흔들다가 다시 입을 열었다.

"얼마 전 우리 영주님의 조카가 찾아왔던 거 자네도 알지?"

"물론이지."

"그때 조카를 도와준다고 엄청난 지원군을 보냈었잖아."

"그랬지."

누그론의 이야기는 테우신 영지민이라면 누구나 다 아는 이야기였다.

그 문제로 인해 영지민들 사이에 얼마나 말이 많았었던가.

안 해도 되는 전쟁을 하는 것을 좋아 할 영지민은 단 한 명도 없었다.

"그런데 그 지원군이 알고 보니 지원군이 아니었대. 크롤 백작을 지원하러 간 것이 아니라 이때를 이용해서 그 영지를 통째로 삼키려고 갔던 거라더군."

"뭐라고! 누, 누가 그러던가?"

누그론의 말에 밀리안의 얼굴이 순식간에 굳어졌다.

알고 보면 그는 영주의 끄나풀이었기 때문이다.

대단한 임무를 가진 것은 아니었지만 밀리안은 평범한 모습으로 영지 안을 돌아다니며 불순분자를 색출하거나 영주에 대한 소문을 찾아내 수집하는 역할을 해왔다.

일종의 스파이였던 것이다.

그랬기에 누그론의 말은 그에게 더욱 충격적일 수밖에 없었다.

'요 녀석… 내 이야기에 구미가 더욱 바짝 당겨지겠지. 그래도 그동안 친하게 지내온 시간이 있으니 내 입에서 이런 말이 나왔다는 것은 이야기하지 않을 거야. 하지만 혹시

모르니 뒷마무리를 잘하자.'

가만 보니 누그론은 이미 밀리안이 테우신 백작의 끄나 풀인 것을 알고 있었던 것 같았다.

하긴 그의 정체가 밤그림자 일원이었으니 그 정도를 알 아내는 것은 그리 어렵지 않았다.

아니, 사실은 애초부터 그것을 알고 교묘하게 접근했던 것이다.

"아까 말했지 않은가. 우리 상점에 해산물 등을 대주는 사람이 이웃 영지를 지나다가 들은 이야기라고 하더군. 벌 써 크롤 백작의 영지 인근에는 이런 소문이 파다하게 나 있 대. 그게 다가 아니라네."

"또 다른 소문도 있던가?"

이제 밀리안은 누그론의 이야기에 완전히 빠져 버렸다.

소문의 근원이 어디인지는 중요하지 않았다.

자신이 알고 있기로 그 이야기는 사실이었기 때문이다.

"문제는 크롤 백작이 렌탈 영지를 치러 간 사이 그의 영 지를 집어삼키려 했는데 그게 그만 실패로 끝났다고 하더 군. 대신 크롤 백작은 반란을 제압하려다가 결국 렌탈 영지 군에게 패했다고 하더라고. 이게 사실인지 아닌지는 모르 겠지만 이 소문으로 인해 우리 영주님께서 곤란해진 것은 분명한 것 같으이. 안 그런가?"

"아무리 그래도 겨우 소문일 뿐이잖아. 사람들이 바보도 아닐 텐데 소문을 그대로 믿기야 하겠어?"

누그론의 말에 밀리안은 이렇게 말했다.

그는 지금 그 누구보다 소문을 믿을 수밖에 없었다.

어설프게 알고 있는 것이 지금 같은 경우에는 독이 된 탓이다.

'지난번 작전 사령관님의 심부름을 갔다가 얼핏 들었던 이야기와 일치하고 있다. 그때 사령관님과 테우신 백작께서는 크롤 영지를 흡수할 계획을 세우고 있었지. 그렇다면 그들이 실패한 것도 사실일 가능성이 높다. 이것을 반대로 생각해 보면 크롤 백작이 실패한 것을 알게 된 사람들은 그 원인이 테우신 백작님께 있다는 말도 믿을 수밖에 없다는 것을 뜻한다. 아무래도 이 이야기는 최대한 빨리 보고하는 것이 낫겠다.'

숀이 애초부터 이들의 이런 생각까지 예측하고 소문을 만든 것인지는 모른다.

하지만 흘러가는 상황으로 보아 그가 의도했던 것은 어느 정도 맞아떨어지는 것 같았다.

"그야 전쟁 상황을 알게 되면 결판이 나겠지. 소문대로 크롤 백작이 패배했다면 다른 이야기도 맞는 것일 거고 그게 아니라면 헛소문이겠지. 나도 들은 이야기이기는 하지만 렌탈 영지군보다 크롤 연합군의 전력이 훨씬 강했다고 하더군. 하긴 이곳에서 천 명이 넘는 지원군을 보냈으니 당연하겠지만……. 그런데 만일 그렇게 대단한 병력으로 훨씬 약한 렌탈군에게 졌다면 뻔한 것 아니겠나?"

"자네 말이 맞네. 결국 전쟁 결과를 알게 되면 소문의 진위 여부도 확실해지겠지. 이런, 자네 이야기가 하도 재미있어서 중요한 약속을 깜빡했군. 이제 가봐야 할 것 같아. 내일 다시 보세나."

"자네는 그래서 탈이라니까. 알았으니 얼른 가보게."

이렇게 두 사람은 헤어졌다.

그중 밀리안은 시장을 벗어나자마자 테우신 성 안으로 급히 달려갔으며 누그란은 그런 밀리안의 뒷모습을 바라보다가 포도주를 한 잔 따르더니 여유 있게 마시기 시작했다.

"그래, 어서 달려가라고. 가서 테우신 백작의 혼을 쏙 빠지게 만들어야지. 그래야 우리 주군께서 기뻐하시지 않겠나. 껄껄……."

그러면서 그는 유쾌한 목소리로 이렇게 중얼거렸다.

3

크롤 연합군과의 전쟁이 끝난 후에도 양측은 거의 피해

가 없었다.

그 과정 속에서 어쩔 수 없이 몇몇의 기사가 희생되기는 했지만 그건 그야말로 더 많은 희생을 줄이기 위한 어쩔 수 없는 고육지책이었다.

"정말 테우신 백작의 영지를 칠 생각이십니까?"

"물론입니다. 하지만 아직은 아닙니다. 그러기 전에 병사들부터 하나로 묶어야 하거든요. 그래서 그 문제로 긴히 상의할 일이 있어서 찾아온 것입니다."

최근 며칠은 그야말로 정신이 하나도 없었다.

결국 손 혼자 해결한 것이기는 했지만 영지군들도 모두 전쟁에 임한 것은 분명했다.

그런 이상 정비부터 시작해야 할 일이 한두 가지가 아니었다.

물론 겨우 그것 때문에 최고 지휘관인 렌탈과 손이 바빴던 것은 아니었다.

그들이 바쁜 이유는 똑같았다.

새로 영입된 병사가 천 명이 넘으니 바쁘지 않으려 해도 그럴 수가 없었다.

오늘도 손은 그 문제를 상의하기 위해 렌탈 남작의 집무실로 찾아온 것이다.

"뭐든 말씀만 하십시오. 주군께서 하명하시는 일이라면

뭐든지 하겠습니다."

"아무래도 총사령관직은 크롤 백작에게 넘겨주어야 할 것 같습니다."

"네에? 그, 그게 무슨 말씀이십니까? 총사령관을 넘겨주시겠다니요? 그건 말도 안 됩니다!"

전혀 예측하지 못했던 말이 나오는 바람에 렌탈은 크게 놀랐다.

크롤 백작에게 그럴싸한 직책을 주긴 해야겠지만 그렇다고 손이 맡고 있는 총사령관 직책을 넘겨주겠다니… 이건 무조건 말려야 할 것 같았다.

"양측의 병사들을 자연스럽게 합치려면 그게 가장 좋은 방법인 것 같습니다. 원래 크롤 영지군은 자신들의 영주가 총사령관이 되면 훨씬 더 빠르게 적응할 수 있을 것입니다. 아, 그렇다고 그가 영주님보다 더 큰 권한을 갖게 하려는 것은 아니니 그 점은 걱정하지 마십시오."

"제 권한이 문제가 아니라 주군의 입지가 걱정되어 그러는 것입니다. 아직 외부적으로 루카스 왕자님의 아들이라고 밝힐 수는 없지 않습니까?"

"그야 당연하지요. 대신 원수라는 직책을 쓰는 것은 어떨까요? 대외적으로 말하기도 좋고 내부적으로 군대를 통솔하기도 좋고 말입니다."

카를 왕국에서 원수라는 직책은 왕실 내에만 있었다.

전군을 통솔할 수 있는 최고 군수권자가 바로 원수였던 것이다.

직책이라는 것은 별것 아닌 것 같지만 알고 보면 매우 중요하다.

특히, 군대를 움직이는 사람은 적당한 직책이 있어야 병사들을 제어하기가 편하다.

게다가 숀은 어차피 크롤 백작과 렌탈 남작의 주군 아니던가.

이런저런 면을 생각해 보면 원수라는 직책을 따오는 생각은 매우 적절해 보였다.

실질적으로는 크롤이나 렌탈에게도 명령을 내릴 수 있지만 외부 사람들에는 그저 최고 군사 책임자 정도라만 인식시킬 수 있기 때문이다.

"오! 그거 정말 좋은 생각이십니다. 숀 원수님!"

"조금 있으면 이곳으로 크롤 백작과 칼베르토 마법사 그리고 멀린 마법사도 올 것입니다. 그들이 다 오면 군사 개편 문제를 마무리 짓도록 합시다."

"알겠습니다!"

대답을 하면서도 렌탈은 자신이 지금 꿈을 꾸는 것이 아닐까 싶은 생각이 들었다.

불과 반년 전만 해도 이런 상황이 오리라고는 전혀 생각하지 못했다.

영지군이라고 해봤자 이백 명도 채 되지 않았던 곳이 이제는 무려 그 열 배에 가까운 병력이 집결해 있는 상태다.

그뿐인가. 5서클 마법사가 두 명에 4서클과 3서클 마법사도 네 명이나 생겼다.

그리고 그가 가장 놀랍게 생각하는 점은 또 있었다.

크롤 연합군과의 싸움을 숀이 단독으로 해결하는 바람에 아직 세상에는 선을 보이지 못했지만 지금 렌탈 영지 안에는 정말로 무서운 힘이 하루가 다르게 커가고 있었다.

그들은 바로 마나를 다룰 줄 아는 일반 병사다.

그 수가 무려 팔백 명에 육박하고 있으니 얼마나 엄청난 힘이겠는가.

그것도 날이 가면 갈수록 마나의 양이 일취월장하고 있었다.

아직 렌탈은 그것이 내공의 힘임을 모르기에 그런 병사들을 길러내고 있는 숀이 더욱 위대해 보였다.

"그런데 주군. 한 가지 궁금한 게 있습니다."

"말해보십시오."

"병사들을 어떻게 가르치시기에 하루가 다르게 마나가 늘어나고 있는 것입니까? 병사뿐 아니라 최근에는 기사들도 그런 현상을 보이는 것 같던데……. 솔직히 제 상식으로는 이해하기가 힘들거든요."

그래서인지 잠시 시간이 나자 렌탈은 기회라는 듯 그동안 궁금했던 부분을 물어보았다.

자신도 소드 익스퍼트 중급에 달하는 사람 아니던가.

그 정도 실력에 오르려면 무엇보다 마나에 대한 이해도가 높아야 했다.

그러나 그가 알고 있는 마나는 숀이 가르치고 있는 병사들이나 기사들처럼 금방금방 늘어날 수 있는 것이 아니었다. 그러니 얼마나 궁금했겠는가.

"아, 이런… 요즘 정신없는 일이 많다 보니 내가 깜빡했군요. 지난번 영주님께 언제 한 번 나를 찾아오라고 했던 것 기억하십니까?"

"기억하기는 합니다만 괜히 저까지 주군께 누를 끼치게 될까 봐 못 갔습니다."

"사실은 영주님께도 그 마나 수련법을 가르쳐 드리기 위해 오시라고 했던 것입니다. 그때 오셨으면 벌써 알고 있었을 텐데……. 지금은 시간이 많지 않으니 내일 오전에 영주님의 연공실에서 만나기로 하죠. 그 수련법을 알게 되면 지금 궁금해하시는 부분은 금방 해소될 것입니다."

숀은 진작부터 렌탈의 검술 실력을 늘려줄 생각을 했었

지만 그 스스로가 기회를 놓쳤던 것이다.

그건 지금 그의 말처럼 손을 좀 더 편하게 해주려는 배려심 때문이었다.

그것을 알기에 숀은 그답지 않게 또 한 번의 기회를 주기로 결심했다.

"그렇게만 해주신다면 저에게는 영광입니다만 그래도 괜찮으실지……."

"영주님은 다 좋은데 너무 착하셔서 탈입니다. 괜찮으니보자고 하는 거지 괜찮지 않으면 그러겠습니까? 그리고 앞으로는 영주님도 욕심을 부릴 때는 부리세요. 그래야 저도편합니다."

숀이 렌탈을 대하는 태도는 확실히 다른 사람과 달랐다.

왜냐하면 그의 마음 깊은 곳에 음흉한 계획이 서 있었기때문이다.

아무리 전생의 기억이 고스란히 남아 있어 정신 세계는노인네라 하지만 상대가 장인이 될지도 모르는데 함부로대할 수는 없는 것 아니겠는가.

그는 파비앙을 좋아하고 있었고 그녀만 한 신붓감은 없다고 생각했기에 무조건 그녀와 결혼할 결심을 하고 있었던 것이다.

소피아나 최근에 알게 된 욜라도 매력이 넘치기는 했지

만 아무리 그래도 파비앙과 비교할 수는 없었다.

똑똑…….

"크롤입니다."

"들어오시오."

두 사람이 그런 대화를 나누고 있을 때, 크롤이 집무실 문을 두드렸다.

그리고 곧 크롤을 비롯해 칼베르토와 멀린이 들어섰다. 중간에 만나서 모두 함께 온 모양이다.

"부르셨습니까? 주군."

"다들 우선 그쪽에 앉으시오."

"네!"

자연스럽게 크롤이 모두를 대표해서 인사를 했다.

그러자 숀은 고개를 끄덕이며 그들에게 자리부터 권했다.

"모두 알겠지만 이미 우리에 관한 소문이 떠돌고 있소. 그리고 그 소문은 조만간 테우신 백작은 물론 첫째 왕자 바스티안과 둘째 왕자 크리스티안에게도 전해질 것이오."

"소문에 관한 것은 저도 들었습니다. 사실과는 많이 다르더군요. 특히 주군에 관한 이야기는 전혀 나오지 않습니다. 우리가 그 부분을 정정해야 하는 것 아닐까요? 어쨌든 주군의 영웅담이 세간에 알려지면 훨씬 유리할 테니까요."

소문 이야기가 나오자 크롤이 약간 어두운 표정으로 이렇게 말했다.

테우신의 더러운 욕망이 알려지는 것은 좋았지만 숀에 관한 내용이 빠진 것이 불만인 모양이다.

앞으로 큰 싸움을 할때 그가 영웅으로 알려지면 그만큼 더 유리해지기 때문이다.

"그럴 필요 없소. 그 소문을 낸 장본인이 바로 나요."

"네? 그, 그럴 수가……."

이번에는 크롤뿐 아니라 칼베르토와 멀린 그리고 렌탈 남작까지도 깜짝 놀랐다.

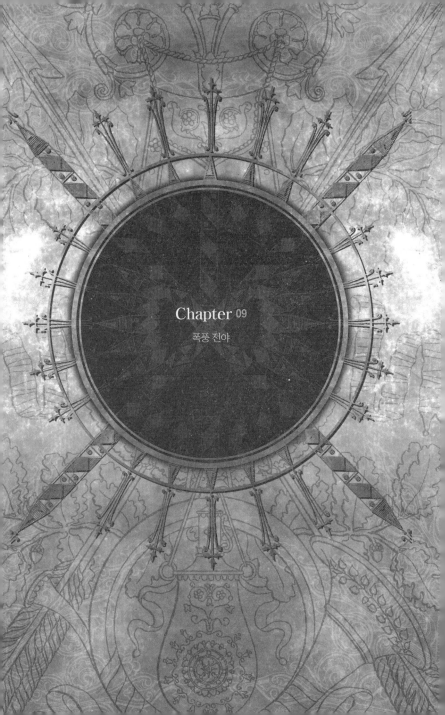

Chapter 09
폭풍 전야

건들면 죽는다

1

소문이 난 이후에도 테우신 백작은 별다른 움직임을 보이지 않고 있었다.

그 덕분에 숀은 크롤 영지군과 테우신 지원군들까지 모두 완벽한 렌탈 영지군으로 탈바꿈시킬 수 있는 시간을 벌었다.

물론 다른 사람들에게는 폭풍 전야의 고요함일 뿐이었지만 숀은 그저 즐겁기만 했다.

"지금부터 최종적으로 '드래곤 바인드 진'을 펼치겠다. 한 번에 끝내면 달콤한 휴식과 맛있는 저녁 만찬이 그대들을 기다리겠지만 그렇지 못하면 제대로 할 때까지 국물도 없다는 것을 명심해라. 알겠나?"

"네! 알겠습니다!"

"그럼 이제부터 신속하게 진영을 펼칠 준비를 하라!"

"와아아아~~!"

슌은 천팔백 명이나 되는 병사를 구백 명씩 둘로 나누어 연병장에 넓게 펼쳐 놓고는 이렇게 명령을 했다.

그러자 병사들은 함성과 함께 재빨리 대형을 갖추기 시작했다.

그가 과거 중원에서 한창 고금제일인이 되기 위해 고수들에게 도전을 할 무렵 소림사의 삼십육 나한진과 정면으로 부딪힌 적이 있었다.

그가 승리하기는 했지만 제법 골탕을 먹었기에 당시 그는 그 진을 심각하게 연구했었다.

그러나 그것을 써먹을 일은 없었는데 결국 전혀 낯선 세상에 와서야 그 연구가 빛을 보게 되었다.

각각 구백 명으로 나누어져 있는 병사들이 지금 대형을 갖춘 모습을 잘 살펴보면 그 안에 스물다섯 개의 무리로 또다시 나누어져 있음을 알 수 있다.

그 작은 무리는 기가 막히게도 삼십육 나한진의 형태를 띠고 있었다.

놀랍게도 지난 몇 달 동안 숀은 중원의 고수들이나 쓸 수 있는 무서운 진을 병사들에게 알맞은 수준으로 뜯어 고쳐서 가르쳤던 모양이다.

'후후… 시도하기 전에는 이게 과연 가능할까 싶었는데 기대 이상으로 잘해주고 있구나. 이들이 그만큼 나를 믿고 따라주었기에 이런 기적을 이루게 된 것 같아. 진의 이름은 이곳의 언어에 맞춰 짓느라 별 볼 일 없기는 하지만 만에 하나 중원의 고수들이 이 진을 보았다면 큰 충격을 받았을 것이다. 삼십육 나한진이 스물다섯 개씩 두 개조로 나뉘어 있는 저 진이 가동되면 열 배 이상의 대군이라 해도 견디지 못하리라.'

병사들이 진을 펼치기 위해 준비하는 동안 숀은 속으로 이런 생각을 하고 있었다.

만일 이 진이 완성된다면 앞으로 그 어떤 적을 만나도 걱정할 필요가 없을 터였다.

'기존 우리 영지군들은 이미 내공이 이십 년 수위에 올라섰기 때문에 진을 가동해도 아무 문제가 없다. 그러나 두 달 전 새로 영입한 크롤 연합군 병사들은 아직 내공이 턱없이 부족해 완벽한 효과를 기대할 수는 없다. 그러나 조금만 더 내공을 끌어 올리고 서로 호흡을 맞춘다면 천하무적의 대진으로 거듭날 수 있을 것이다. 만일 테우신 백작이 먼저 움직이게 되면 세틴츄와 몇 가지 약재를 섞어 내공을 단시일 내에 높일 수도 있겠지. 웬만하면 그런 불상사는 일어나지 않는 게 좋겠지만…….'

세틴츄만 해도 어마어마하게 비싼 약초다.

꼴라 때문에 그것이 무더기로 밭을 이루고 있는 곳을 알고 있기는 하지만 그렇다 해도 병사들에게 그냥 막 퍼주고 싶은 마음은 없었다.

알고 보면 그도 구두쇠이기 때문이다.

그리고 그의 계산이 맞는다면, 테우신 백작이 렌탈 영지를 침공하려면 앞으로도 육 개월 이상이 걸릴 터였다.

그랬기에 변수만 생기지 않는다면 굳이 비싼 약초들을 활용할 필요도 없었다.

"병사들의 준비가 끝난 것 같은데 무슨 생각을 그렇게 하고 계십니까?"

"아, 테우신 백작이 지금 어떻게 하고 있나 궁금해지는 바람에 잠시 넋을 놓았던 모양이군."

숀이 그런 생각을 하고 있을 때 훈련 기간 내내 언제나 그의 옆에서 병사들을 함께 이끌고 독려해 왔던 크롤이 다가와 이렇게 말했다.

어쩔 수 없이 숀의 수하가 될 수밖에 없었지만 의외로 그는 수하된 도리를 지키려 노력해 왔다.

그건 숀이 자신의 복수를 해주겠다고 해서 그런 것도 아니고 또 숀이 윽박을 질러서도 아니었다.

그가 숀을 진심으로 따르게 된 이유는 그와 같은 강자가 한결같은 모습으로 하찮은 병사들까지 챙겨주는 모습을 본 이후부터였다.

거기에 그의 그런 진심을 알게 된 숀이 자신의 정체까지 밝혔으니 더욱 우러러 볼 수밖에…….

"모르기는 몰라도 숙부라면 지금쯤 칼을 갈고 있을 것입니다. 그분의 과거 행적을 살펴보면 충분히 그럴 수 있는 위인이라는 것을 알 수 있거든요."

"자네와 나는 공통점이 있어서 좋아."

"공통점이라면… 아!"

"그래, 자네는 숙부가 복수의 대상이지만 나는 백부들이 대상이거든. 숙부와 백부라는 차이만 빼면 같은 혈육에게 당하고 다시 그들에게 칼날을 돌릴 수밖에 없는 기구한 운명이 닮았지."

신분을 밝힌 이후부터 숀은 자연스럽게 크롤에게 하대를 했다.

그에게도 파비앙처럼 어여쁜 딸이 있다면 모를까, 그게 아닌 이상 존대를 할 이유가 없었던 것이다.

나이도 렌탈보다 열 살이나 어렸고 말이다.

"그 점은 미처 생각하지 못했습니다. 휴우… 저 혼자만 힘들다고 생각했었는데 주군께서는 훨씬 더하였겠군요. 그런 것도 헤아리지 못해서 죄송합니다."

"그런 소리를 들으려고 했던 말은 아니니 신경 끄게. 자, 그럼 이제부터 우리가 만들어놓은 작품이나 감상해 볼까?"

"……."

숀이 이렇게 말하며 병사들이 있는 방향으로 한 걸음 나서자 크롤은 그런 그의 넓은 등을 바라보며 숙연한 마음이 들었다.

'저분을 처음 뵈었을 때만 해도 철없는 허풍쟁이라고만 생각했었다. 하지만 알면 알수록 나보다 훨씬 어른스러울 뿐 아니라 속이 깊으시다. 어쩌면 나는 이번 시련을 통해 엄청난 분을 모시게 된 행운을 얻은 것인지도 모른다. 왕국을 통째로 바꾸고도 남을 만한 그런 분을 말이다.'

첫 인상이 황당했기에 이후 받은 충격이 훨씬 컸고 그로 인해 숀을 향한 충성은 더 빨리 크게 자리 잡은 것 같았다.

아직 젊은 크롤은 숀으로 인해 자신의 꿈과 이상도 실현할 수 있을 것이라고 확신했다.

그러는 사이 숀의 입에서 힘찬 명령이 떨어졌다.

"모두 '드래곤 바인드 진'을 펼쳐라!"

"드래곤 바인드 출진!"

우르르르… 척척!

동시에 병사들은 큰 목소리로 출진을 외치더니 순식간에 자신의 방위를 찾아서 섰다.

그러자 놀라운 일이 벌어지기 시작했다.

뭉게뭉게… 스스스스…….

구백 명씩 한 조를 이루고 있는 병사들의 주변으로 말로 표현하기 힘든 묘한 기류가 마치 안개처럼 피어올랐다.

그리고 곧 소름 돋는 기음(奇音)이 들려오기 시작했다.

진의 밖에서 듣고 있는 숀이나 크롤에게는 그저 듣기 괴로운 소음 정도였지만 진의 안에서 듣게 되면 완전히 달랐다.

마치 지옥 끝에서 들려오는 귀신들의 호곡성처럼 느껴지는 것이다. 그렇게 겁나는 '드래곤 바인드 진' 이 서서히 움직이기 시작했다.

2

어젯밤 이후로 둘째 왕자 크리스티안은 기분이 더욱 좋지 않았다.

그가 신처럼 떠받들고 있는 사신에게 최후통첩을 받았기 때문이다.

—앞으로 정확히 육 개월을 주겠다. 원래대로라면 오늘 네놈의 그 쓸모없는 육체는 내 것이 되어야 했겠지만 특별히 자비를 베푸는 것이니라.

"죄송합니다. 하지만 그 정도면 충분합니다. 이번에야말로 반드시 사자님께서 만족하실 만한 결과를 드리겠습니다."

그나마 다행히 육 개월이라는 시간을 얻어낼 수는 있었지만 사실 그리 긴 시간이라고 할 수는 없었다.

오히려 피의 사자가 원하는 것을 이루려면 턱없이 짧기만 했다.

그렇다고 그런 내색을 할 수도 없었기에 크리스티안은 그저 고개를 조아리며 이렇게 대답했다.

와르르~ 와장창! 챙강!

"빌어먹을! 그 잘난 놈의 형만 아니면 벌써 대업을 이루고도 남았을 텐데… 으드득……."

그 생각을 떠올리자 끔찍했는지 크리스티안은 자신의 책상 위를 거칠게 쓸어내리며 이를 갈았다.

그나마 아직 그에게 인간성이 남아 있는 것이 늘 문제였다.

그렇지 않았다면 벌써 무대포격인 바스티안을 죽이고도 남았을 것이다.

그게 지금 그의 화를 더욱 돋우었다.

"이렇게 되면 결국 당신을 죽일 수밖에 없을 것 같소. 이 멍청한 양반아. 머리가 나쁘면 아예 권력 욕심도 버릴 것이지, 뭘 그리 더 갖고 싶어서 매달리는 거요? 젠장!"

그는 진열장 안에서 독한 술을 한 병 꺼내 통째로 마시며 이렇게 중얼거렸다.

어쩌다 피의 사자를 만나는 바람에 날이 갈수록 사악해지고 있는 그였지만 원래부터 악한 사람은 아니었다.

하지만 이미 과거에 바스티안과 작당하고 루카스를 죽인 경험이 있다.

그런 이상, 형이라고 해서 죽이지 못할 것도 없었다.

결국 인간은 죄를 지으면 지을수록 더 악해지기 때문에 그다음 죄를 지을 때는 아예 양심의 가책조차 느끼지 못하게 되는 법이다.

똑똑…….

"누구냐?"

"텐신입니다."

"들어와라."

방 안에 들어서던 텐신이 갑자기 몸을 움찔했다.

평소에도 성질이 더러운 크리스티안이 질펀하게 술까지 마신 것을 보고 지레 겁을 먹은 모양이다.

하긴 지난번에도 그가 집어 던진 유리병에 이마를 맞아 한동안 얼마나 고생을 했던가.

"보고 드릴 것이 있어서 왔습니다."

"말해라."

그러나 의외로 크리스티안은 조용한 목소리로 대답했다.

다른 때 같으면 술을 마셨을 경우 텐신이 잘했든 못했든 지랄부터 했을 텐데 말이다.

아니, 어쩌면 저런 상태가 더 위험한지도 몰랐다.

"테우신 백작이 또 영지전을 허락해 달라고 신청을 해왔습니다. 어떻게 할까요?"

"그러기에 사람을 보낼 거면 똑바로 보내 진작 일처리를 깔끔하게 했어야지……. 소문 날 거 다 나게 만들어놓고 이제 와서 영지전을 허락해 달라고? 병신 같은 새끼!"

어쩐지 조용하다 싶었더니 결국 크리스티안은 욕까지 해대며 신경질적으로 대꾸했다.

텐신에게는 워낙 익숙한 모습이라 오히려 더 자연스러울 정도다.

"또 안 된다고 할까요?"

"당연하지."

"알겠습니다. 그럼 그렇게 전하겠습니다."

"잠깐! 가만있어 봐라. 오늘이 며칠이지?"

텐신이 대답을 하고 나가려는 순간 갑자기 크리스티안이 그의 발목을 잡았다.

그리고는 뜬금없이 날짜를 물었다.

"10월 8일입니다."

"크흠… 어쩌면 그자를 이용하는 것도 나쁘지 않을지 모르겠군. 이것 보게, 텐신."

"네, 저하!"

"요즘 그놈들은 뭘하고 있는지 아는가?"

"그놈들이라 하시면……."

이 인간은 원래 말하는 스타일이 이렇게 싸가지가 없었다.

늘 앞뒤는 잘라먹고 본론만 말하는 것이다.

그가 만일 왕자가 아니고 다른 사람이었다면 텐신은 벌써 반쯤 죽여놓았을지도 모른다.

그런 대화법은 짜증을 불러오기 때문이다.

하지만 계급이 깡패이니 그저 굽실거리며 다시 물을 수밖에…….

"네가 그래서 만년 오 등인 게야, 이 멍청한 인간아. 그만큼 내 곁에서 일을 했으면 이런 질문쯤은 바로 대답해야지. 쯧쯧……."

"죄송합니다. 소신이 아둔해서 그런 것이니 부디 너그러운 마음으로 말씀해 주십시오."

"테우신이 잡아먹지 못해서 안달을 하고 있는 크롤이라는 놈과 그 옆동네 있던 놈을 말하는 게야."

텐신이 신도 아닌데 제 속에 있는 말을 어떻게 알겠는가.

그는 또다시 억울함을 꾹꾹 누르며 물어서 겨우 크리스티안이 궁금해하는 인물들을 알아낼 수 있었다.

"크롤 백작은 지난번 전쟁에서 패배하는 바람에 아직도 렌탈 영지 안에 억류되어 있는 상태입니다. 그리고 렌탈은 새롭게 편입한 단데스 영지와 자신의 영지를 오가며 한창 합병 작업을 하고 있다고 합니다. 어쩌면 조만간 크롤 영지마저 달라고 상소를 올릴지도 모르겠습니다."

"시골구석에 처박혀 있던 놈이 요즘 살맛나겠군. 운이 트여서 잘하면 영지가 두 개나 생길지도 모르니 말이야. 그것도 내 세력권 안에 있던 영지들로만 말이야. 흐흐흐……."

텐신의 말에 크리스티안의 표정이 음산해졌다.

텐신은 그것을 보며 곧 렌탈이라는 자가 엄청난 재앙을 맞을 것이라는 예감을 했다.

저 인간이 저렇게 웃는 것을 보면 거의 틀림이 없었다.

사실 알고 보면 렌탈이 잘못한 것은 없었다.

그는 그야말로 자신의 영지를 지키기 위해 최선을 다한 것뿐이었지만 상대가 재수 없게 크리스티안이라는 징그러운 거물을 뒤에 두고 있었다는 것이 문제라면 문제였다.

게다가 크롤 영지는 공식적으로 첫째 왕자 바스티안의 세력권이었지만 크리스티안은 절대 그렇게 생각하지 않았다.

렌탈만 아니었다면 자신이 밀어주었던 테우신이 벌써 크롤 영지를 접수했을 것이라고 믿고 있었기 때문이다.

이래저래 렌탈은 크리스티안에게 미운털이 박힐 수밖에 없는 운명이었다.

"테우신 백작을 이용해 렌탈 영지를 치실 생각이십니까?"

"아직은 아니야. 그랬다가는 또 형님이 길길이 날뛸 테니까. 그 인간이 날뛰게 만들면 여러 가지로 골치 아파지거든."

"그럼 테우신 백작에게 뭐라고 말을 해야 할까요?"

텐신도 나름 사람 다루는 데 이골이 난 사람이다.

명색이 정보부 서열 5위라는 직책을 가지고 있으니 얼마나 많은 사람을 만나 왔겠는가.

그는 몇 마디만 이야기를 나누어 보면 상대가 무슨 생각을 하고 있는지 금방 알 정도였다.

하지만 그런 그도 크리스티안의 속은 도저히 짐작조차 할 수 없었다.

워낙 변덕이 심한 데다가 특이한 사고방식을 가지고 있는 닷이다.

"조만간 시원하게 싸울 수 있게 해줄 테니 그동안 열심히 병사들 훈련이나 시키라고 전해라. 그리고 너는 오늘부터 모든 인원을 동원해 형님의 일거수일투족을 샅샅이 조사해서 그때그때 보고하도록."

"드디어 거사를 치를 생각이십니까?"

빠악!

"컥!"

"뚫린 입이라고 말을 함부로 하지 마라."

퍽퍽!

"끄윽!"

"너는 그냥 시키는 일이나 똑바로 하면 된다."

"알, 알겠습니다. 크헉!"

결국 오늘도 텐신은 크리스티안의 스트레스 해소용 샌드백이 되어버리고 말았다.

조금만 더 참았더라면 이 지경까지 되지는 않았을 텐데…….

그는 속으로 골백번도 더 후회했지만 이미 몸뚱이는 만신창이가 되어 바닥에 누워 있었다.

그런데 흐르는 피로 인해 가물거리는 그의 눈 속으로 너무나 이질적인 눈빛 같은 것이 들어왔다.

차갑지만 별빛처럼 반짝이는 그 눈빛은 의식을 잃어가는 그에게 묘한 충격을 던져 주었다.

'이 지, 지랄 같은 인간의 집무실 천장 속에 누가 있었던가? 씨팔, 이제 헛것이 다 보이는구나. 하지만 헛것 치고는 참 아름답다… 빌… 어… 먹… 을…….'

그는 그것이 환상이라 여기며 결국 정신 줄을 놓고 말았다.

3

크리스티안의 거처에서 텐신이 죽도록 맞고 있던 모습을 지켜보던 신비의 눈동자가 갑자기 사라졌다.

물론 그 눈동자의 주인은 욜라였다.

그녀 말고 경비가 삼엄한 왕궁 안을 마치 제집 돌아다니듯 할 수 있는 사람은 없었다.

특히, 카를 왕국에서는 더더욱…….

'형은 정말 사람이 맞을까? 인간의 범주를 완전히 벗어난 검술도 검술이지만 지금까지 형이 예측했던 것 치고 틀린 것은 단 하나도 없었다. 병법을 아는 사람이라면 적들의 동태를 어느 정도 짐작할 수는 있지만 이건 그냥 짐작 수준이 아니라 마치 보고 있는 것 같잖아. 게다가 난 왜 형만 떠올리면 이렇게 가슴이 답답해지는 거지? 하아…….'

천장 안쪽에서 마치 그림자처럼 돌아다니고 있는 욜라는 크리스티안의 집무실에서 나와 두 번째 목적지로 향하며 이런 생각을 하고 있었다.

그녀가 크리스티안의 동태를 살피러 온 것도 알고 보면 숀의 지시 때문이었다.

지금쯤이면 왕자들의 움직임도 조금 달라질 거라고 하면서 말이다.

그런데 그 왕자들의 심리 상태나 앞으로의 행동 방향을 정확하게 예측했다는 것이 지금 욜라를 놀라게 하고 있었다.

자신은 크리스티안이 곧바로 렌탈 영지를 치러 올 것이라고 생각했었는데 숀은 오히려 그가 바스티안과의 관계 때문에 시간을 더 끌 가능성이 높다고 했었다.

그리고 그 말이 정확히 맞아떨어진 것이다.

'크리스티안 왕자는 이번 일로 인해 더욱 자존심이 상해 있는 상태다. 그런 데다가 그의 평소 성격에 비추어 본다면 앞뒤 가릴 여유 없이 곧장 테우신을 이용해 렌탈 영지를 치는 것이 맞다. 그런데 형은 어떻게 그렇게 왕궁 내의 상황을 잘 알아서 이런 예측을 할 수 있었을까? 설마 나 말고 또

다른 정보원이라도 있는 것일까? 아니야, 그럴 리가 없어. 형은 아직 왕궁 안에 알 만한 사람이 없다. 그렇다고 나만큼 은신술이 뛰어난 자가 형을 돕는 것 같지도 않고… 에잇! 모르겠다. 나 역시 인간인데 괴물의 능력을 어떻게 다 알 수 있겠어? 생각해 봐야 내 머리만 아프지. 어서 다음 임무나 끝내러 가자.'

샤샤샥~!

사람들은 모두 손의 외모에 속고 있었다.

이제 겨우 이십 대 초반에 불과한 그였기에 노련함과는 거리가 멀다고 지레짐작했기에 이 정도 일만 가지고도 놀라는 것이다.

만일 나이가 지긋한 기사가 이런 예측을 했다면 충분히 그럴 수 있다고 여기겠지만 아직 젊은 손이 그러는 것은 쉽게 납득이 가지 않는 것이다.

그 누구도 그가 속에 육십 대 노인의 엄청난 경험과 노련함을 감추고 있다는 것을 모르니 당연했다.

그랬기에 욜라도 결국 그에 대한 집중 탐구를 포기했다. 머리만 지끈 거린 탓이다.

대신 더욱 눈부신 속도와 은밀함으로 천장안과 밖을 들랑거리며 정확한 목표 지점에 도착할 수 있었다.

그런 그녀는 자신의 몸놀림도 사람보다는 괴물에 가깝다

는 사실을 전혀 모르는 것 같았다.

"기껏 조사해 온 것이 겨우 그거요? 이렇게 되면 또 크리스티안 그놈에게 당할 것 아니오? 놈은 지난번 복수 때문이라도 나에게 크롤 영지를 정식으로 렌탈에게 넘겨주라고 할 게 분명하단 말이오!"

"고정하소서, 저하. 이번 일은 크리스티안 왕자에게도 결코 이득이 될 수 없습니다. 그는 아마 저하보다 더 땅을 치고 있을 테니까요."

그녀가 두 번째로 도착한 곳은 바로 첫째 왕자 바스티안 왕자의 집무실이었다.

두 왕자는 현재 카를 왕국을 실제로 움직이고 있는 핵심 인물이다.

그런 만큼 아직 세력이 미약한 숀은 그들의 움직임을 정확히 파악할 필요가 있었다.

그랬기에 이쪽 방면으로는 최고 중의 최고라고 할 수 있는 욜라를 보냈던 것이다.

아무튼 그녀가 집무실 천장 위에 자리 잡기 전부터 이미 아래쪽에서는 바스티안이 자신의 최측근인 체사레 백작에게 호통을 치고 있었다.

"그건 또 무슨 말이오?"

"요즘 떠돌고 있는 소문은 들으셨지요? 크롤 백작에 관한 소문 말입니다."

"듣기는 들었소만 그건 어디까지나 소문 아니오?"

그래도 명색이 왕자라 그런지 바스티안은 떠도는 소문을 신봉하지는 않았다.

그랬다가는 온갖 문제가 더 확산될 수 있다는 것을 알기 때문이다.

"그건 그렇습니다만 아니 땐 굴뚝에서 연기가 날 리가 없잖습니까? 그래서 제가 좀 신경 써서 조사를 해보았습니다."

"호오, 그래서 어떤 결론이 나왔소? 설마 소문이 다 사실은 아니겠지?"

방금 전만 해도 체사레를 잡아먹을 것처럼 난리를 치더니 이제는 언제 그랬냐는 듯 호기심 가득한 눈으로 이렇게 물었다. 과연 단순한 그 다운 태도다.

"그게 모두 사실이었습니다. 결국 이번 일이 아니더라도 어차피 저하께서는 크롤 영지를 잃을 수밖에 없었습니다. 계획대로였다면 벌써 크리스티안 왕자님의 수족으로 들어갔을 테니까요."

"뭣이! 그럼 크리스티안 그놈이 단데스 영지를 내어줄 때 나에게 했던 말들은 모두 연극이었단 말이오?"

"그렇다고 봐야겠지요."

"빌어먹을! 어쩐지 그런 허접한 영지를 주면서도 그렇게 아까워하는 척을 해서 이상하다 싶었더니… 결국 뒤로 이런 짓을 하려고 그랬던 것이로군. 교활한 녀석……."

바스티안으로 하여금 안심하게 만든 다음 곧바로 뒤통수를 치는 전략이었다.

그것을 알게 되었으니 바스티안이 분해할 수밖에…….

"그렇게 노여워하실 필요 없습니다. 어쨌든 그 계획은 실패하지 않았습니까? 저는 지금 렌탈 남작을 만나 포옹이라도 해주고 싶을 정도입니다. 전혀 생각지도 못했던 복병이 크리스티안 왕자님의 코를 납작하게 만들었으니 말입니다."

"듣고 보니 그 말도 일리가 있구려. 하긴 테우신 백작의 지원군까지 합세한 연합군을 시골 무지렁이 남작이 물리칠 줄을 누가 알았겠소? 생각해 보니 크리스티안은 지금도 땅을 치며 억울해하고 있겠군. 클클……."

체사레의 말에 바스티안의 입이 쭉 찢어졌다.

동생 크리스티안이 열 받아 할 것을 생각하는 것만으로도 기분이 몹시 좋아진 것이다.

'저 인간도 어지간히 동생에게 맺힌 게 많은 모양이네. 가만 보면 남자들은 모두 참 한심하다니까. 한 사람만 빼고…….'

바스티안의 가벼운 성품에 혀를 차다 말고 또다시 얼굴이 빨개지는 율라다.

최근 들어 그녀는 손을 떠올리기만 해도 이처럼 얼굴이 빨개지는 이상한 병이 생겼다.

"그래서 드리는 말씀인데 이참에 아예 렌탈이라는 자를 포섭하는 것은 어떻겠습니까? 이번 일로 인해 왕국 내에서는 렌탈 남작의 인기가 점점 높아지고 있습니다. 약자였던 그가 훨씬 강한 적들을 연달아 물리치는 모습에 젊은이들이 열광하고 있는 것이지요. 만일 이럴 때 그자를 저하의 측근으로 거둔다면 큰 이득을 얻을 수 있을 것입니다."

"촌놈을 우리 진영으로 영입하자고? 흐음⋯ 하긴 내가 손을 내밀기만 하면 놈도 얼씨구나 하겠군. 좋소. 그 문제는 전적으로 체사레 공이 알아서 처리해 보시오. 내가 나설 만큼 중요한 인물은 아닌 것 같으니 말이오."

"물론입니다. 저하께서 상대하기에는 격이 너무 떨어지지요. 촌놈은 촌놈이니까요."

중앙에서 볼 때 렌탈은 말 그대로 시골 영주였다.

그에 대한 소문이 아무리 좋게 나도 이들의 관심을 끌기는 어렵다.

그나마 바스티안이 렌탈을 영입하는 것에 대한 허락을 한 것도 알고 보면 그로 인해 크리스티안이 씩씩거리게 된 것이 기분 좋아서일 뿐 그 이상도 그 이하도 아니었다.

하지만 상황이 이렇게 돌아갈 줄은 욜라도 몰랐고 슌도 미처 모르는 것 같았다.

그래서인지 바스티안의 집무실에서 빠져 나온 그녀의 발걸음은 점점 빨라지고 있었다.

Chapter 10
시간 벌기

건들면 죽는다

1

   숀과 밤그림자의 공작은 더욱 조직적이면서도 치밀하게 전개되고 있었다.

   "글쎄, 테우신 백작이 조카를 제거하고 그 영지를 뺏기 위해 애초부터 다른 친척들이 지원을 할 수 없도록 압력을 넣었다고 해. 어쩜 그럴 수가 있지? 아무리 권력이 좋고 땅이 탐난다고 해도 피를 나눈 조카잖아."

   "그러게 말이야. 나도 그 소문 듣고 사람이 달리 보이더라니까. 얼마 전 파티에서도 잠깐 봤었는데 눈가에 다크서클이 꼭 저승에서 기어 올라온 사자 같다는 느낌을 주더라고. 얼마나 소름이 끼치던지 원……."

우선 테우신 백작에 관한 두 번째 소문은 이렇게 시작을 했다.

누구 입에서 나온 것인지는 몰라도 이 내용은 사실이었기에 소문을 접한 테우신 측근들은 말을 잃을 정도였다.

요즘 이런 소문을 가장 많이 공유하고 있는 사람들은 거의 다 여성이었다.

그녀들을 통해 남편에게까지 자연스럽게 흘러들어 가고 있었던 것이다.

"그게 다가 아니야. 원래 테우신 백작이 크롤 가문에서 빈손으로 쫓겨난 것도 그가 형을 제거하고 장자의 권한을 뺏으려다가 들켜서래. 당시 크롤 백작의 아버지가 워낙 관대해서 목숨은 살려주었건만 은혜를 배신으로 돌려준 것이지. 정말 최악이라니까."

"어머나! 그, 그게 정말이야? 세상에! 저런 나쁜 인간이 다 있나 그래. 원래 그런 짓을 저질렀으면 그 자리에서 사형이잖아? 그런 걸 살려줬더니 그동안 내내 억울하다고 떠들고 돌아다닌 거야? 정말 무섭다!"

게다가 이 여인들은 모두 귀족이었다.

그녀들은 거의 매일 사교 파티 같은 곳에 나가 만나는 여인들마다 이런 소문을 전달했고 그것은 마치 마른 잔디 위에 떨어진 불씨처럼 걷잡을 수 없이 빠르게 퍼져 나가고 있었다.

이런 식이다 보니 아무리 그 근원지를 찾으려고 해도 찾을 수 없을 수밖에…….

사교계 여인들은 남편 신분을 따라가기 때문에 함부로 건들 수 없었기 때문이다.

그랬기에 테우신 측에서는 그야말로 속수무책으로 당할 수밖에 없었다.

콰앙!

"대체 어떤 놈이야! 어떤 놈이 나를 자꾸 중상 모략하는지 아직도 찾지 못했다는 말이냐!"

최근 가롯과 칼베르토가 병신 같은 짓을 하는 바람에 혈압이 자꾸만 치솟고 있었다.

거기에 그들의 실패는 어처구니없게도 소문의 형태를 띠며 온 세상에 알려지지 않았던가.

그 일로 눈이 뒤집힐 정도로 흥분한 것이 겨우 엊그제인데 그보다 더 심각한 소문이 또 돌고 있으니 얼마나 환장하겠는가.

첫 번째 소문으로 인해 아예 크롤과 렌탈을 몰아서 박살 낼 궁리만 하고 있던 그에게 날벼락이 떨어진 꼴이었다.

"죄, 죄송합니다. 각하! 그, 그게 귀족 부인들 사이에서 돌고 있는 소문인지라 근원지를 캘 방법이 거의 없는 실정입니다."

"밥버러지들 같으니라고! 그렇다면 우리 쪽에서도 사교계 출입이 가능한 부인들을 움직이면 될 것 아니냐! 당장 자네만 해도 아내가 사교계에서 꽤 날린다며? 자랑질만 하지 말고 이럴 때 밥값이라도 시켜보란 말이다!"

지금 테우신에게 보고를 하고 있던 사람은 보드레친 자작이다.

그는 테우신 영지에서 재무와 정보를 담당하고 있었기에 얼마 전부터 밤낮으로 테우신에게 시달리고 있었다.

그가 잘못한 것이 없는데도 이런 식으로 내내 괴롭히더니 이제는 자신의 부인까지 내세우란다.

실로 기가 찬 일이었지만 그렇다고 반항을 할 수도 없었다.

"알겠습니다. 빠른 시간 내에 소문의 근원지를 찾도록 최선을 다하겠습니다. 그런데 이건 제 생각입니다만 혹시 크롤 백작이 일부러 소문을 퍼트리는 것은 아닐까요? 그게 가장 신빙성 있을 것 같은데……."

"쯧쯧… 그런 머리로 정보를 맡고 있으니 맨날 이 모양이 꼴이지. 이것 보게, 보드레친."

"네, 각하!"

누구라도 같은 경우를 당하면 보드레친처럼 생각할 것이다.

　현재 테우신과 적대 관계에 있으면서 이런 소문의 내용을 알 만한 사람이 그 말고는 없기 때문이다.

　그러나 테우신 본인은 오히려 그런 그를 보고 고개를 가로저으며 혀를 찼다.

　"크롤은 현재 렌탈 영지에 억류되어 있다면서?"

　"네……."

　"그런 사람이 어떻게 한가하게 소문이나 퍼트리고 다닐 수 있겠나? 그리고 그 녀석은 내가 어릴 때부터 봐와서 알지만 이런 소문을 퍼트릴 수 있을 만큼 사악하지 않다네. 머리는 제법 좋아도 아직 세상의 쓴맛을 거의 본 적이 없어서 그런지 매사를 자기 편한 대로만 해석하는 녀석이지. 이번 일로 조금 달라지기는 했겠지만 말이야."

　"그렇다면 렌탈 남작 아닐까요?"

　두 사람은 진실에 거의 접근을 해가고 있었지만 딱 거기까지였다.

　"렌탈 남작이라는 자는 나도 조금 알고 있네. 과거 내가 다녔던 아카데미의 후배였거든. 그자 역시 그럴 만한 위인은 못 되네. 아니, 설혹 그럴 수 있는 사람이라고 해도 그자가 나를 모함해서 얻을 수 있는 게 뭐가 있겠는가? 듣자 하니 단데스 영지를 차지하게 되어서 합병 작업도 하고 있다 며?"

"그렇습니다."

"영지를 합병하는 일은 그리 쉬운 일이 아니라네. 양측의 병사를 아우르는 일도 그렇고 말이야. 거기다가 잘하면 크롤 영지까지 차지하게 된 판국에 나를 모함할 틈이 어디 있겠는가?"

이들은 슌의 존재를 거의 모른다.

한때 소드 마스터라는 소문이 파다하긴 했었지만 그 이후 활약상이 없는 데다가 그 자체를 믿지 않았기에 아예 관심이 없었던 것이다.

하지만 바로 그가 모든 일의 배후에 있었기에 합병 작업은 이미 일사천리로 끝나 가고 있지 않던가.

게다가 크롤은 잡혀 있는 것이 아니라 진작 그의 수하가 되어 있지 않다는 것은 죽었다 깨어나도 모를 일이었다.

"각하의 말씀을 듣고 보니 그도 아닌 게 분명하군요. 그렇다면 대체 누가 무슨 목적으로 이런 악소문을 퍼트리고 다니는 것일까요?"

"내 생각에 가장 유력한 용의자는 단 한 사람뿐일세."

"그, 그게 누구입니까?"

테우신 백작의 확신에 찬 말을 듣게 되자 보드레친은 깜짝 놀랄 수밖에 없었다.

그의 성격상 진작부터 범인을 알고 있으면서도 참아 왔다는 것은 말이 안 되었기에 더 그랬다.

"나를 곤경에 빠트려서 이득을 볼 만한 사람이 누구인지 짐작 가는 거 없나?"

"설마… 바스티안 왕자님?"

"그 양반 말고 또 있다고 생각하나?"

"그렇군요. 이제야 어째서 소문이 주로 귀부인들 사이에서 돌 수 있었던 것인지 알 것 같습니다. 그분의 최측근인 체사레 백작 부인이 사교계의 거물이시니 그게 가능했겠지요. 그런 간단한 문제를 이제야 깨닫게 되다니… 정말 면목 없습니다."

이거야말로 생사람 잡는 격이다.

체사레 부인은 아무것도 모른 채 엄청난 음모의 주동자가 되어버린 것이다.

이것은 손도 예측하지 못했던 변수였다.

그로 인해 왕실 내부의 상황이 더욱 복잡해질 수도 있었다.

"이제라도 알았으면 적절한 해결책이나 찾아보게. 아니, 그전에 정말 체사레 부인이 움직였던 것인지부터 확인해야 할게야. 지레짐작으로 잘못 건드렸다가는 오히려 우리가 당할 수도 있을 테니까."

"무슨 말씀이신지 알겠습니다. 반드시 증거를 찾아낼 테니 너무 걱정하지 마십시오."

증거만 찾아낼 수 있다면 이 일로 크리스티안에게 큰 칭찬을 받을지도 몰랐다.

그것을 빌미로 바스티안을 압박할 수도 있었기 때문이다.

그리고 더 재미있는 것은 바로 이곳의 천장에도 어디서 많이 보았던 별빛 같은 눈망울이 반짝이고 있다는 점이었다.

2

최근 들어 숀이 가장 신뢰하고 있는 사람은 바로 욜라였다.

그녀야말로 요즘 그에게 가장 큰 도움을 주고 있었기 때문이다.

만일 그녀가 없었다면 훨씬 더 많은 전투를 치러야 함은 물론, 그로 인해 점점 더 숀의 무지막지한 진면목을 보일 수밖에 없게 되었을 터였다.

그렇게 되면 결국 또다시 그는 왕따의 길로 접어들었을

지 모른다.

그리고 그녀 다음으로 그가 많이 활용하는 사람들은 밤그림자였다.

"어떻소? 할 수 있겠소?"

"저희가 비록 변방을 무대로 활동을 해왔지만 중앙에 사람이 없는 것은 아닙니다. 오히려 그 중앙 쪽에는 외교 능력이 뛰어난 대원들이 더 많은 편이지요. 그리고 이번 일은 워낙 중요하니 최고의 대원을 투입하기로 결심했어요."

욜라를 통해 여러 가지 정보를 입수한 손은 그것을 바탕으로 밤그림자를 이용해 중앙의 암투를 좀 더 조장하기로 했다.

만일 지금 두 왕자나 테우신이 렌탈 영지를 공격하게 되면 자력으로 막기 힘들다.

그동안 쉬지 않고 병사들을 조련했다 하나 그 시간이 아직 짧은 탓이다.

그러나 암투가 심화되면 그들은 시골구석에 있는 영지까지 신경 쓰기 힘들 테고 그사이 자신들은 더욱 완벽한 힘을 기를 수 있다고 판단한 것이다.

"최고의 대원이라고? 총수가 그렇게 말하니 무척 궁금해지는군. 그게 대체 누구요? 기왕이면 나에게도 소개를 해주시오."

"주군께서도 이미 알고 있는 사람이에요."

"내가 알고 있다고? 음… 누구지?"

소피아의 말에 숀은 고개를 갸웃거렸다.

밤그림자 대원들은 전투력은 그리 대단하지 않지만 여러 가지 방면에서 뛰어난 사람들이 많은 편이다.

그도 그 점은 인정하고 있었다.

하지만 누가 가장 나은 대원이냐고 묻는다면 선뜻 대답하기도 쉽지 않았다.

워낙 비슷비슷한 능력을 보이고 있기 때문이다. 그러니 고민스러울 수밖에……

"모르면 관둬요. 하긴 뭐, 주군처럼 대단하신 분이 우리 같은 사람들에게 관심이나 있겠어요?"

"갑자기 왜 그러시오? 당신들이 어때서 그런 식으로 말을 하는 거요? 내가 당신들을 얼마나 믿고 있는지 모르는 거요?"

숀은 어째서 소피아가 새침하게 토라져 이런 식으로 말을 하는지 알 수가 없었다.

그러나 이대로 두면 그녀가 상처 받을지도 모른다는 생각이 들어 그는 최대한 상냥한 말투로 이렇게 말했다.

"됐어요. 제가 알아서 처리할 테니 그냥 그렇게 알고 계세요."

"당신이 그렇게 말하는 이상 일에 대해 걱정할 필요는 없 겠지만 제발 지금 왜 화가 났는지는 말해주시오. 답답하 오."

"좋아요. 그러면 다시 한 번 물어볼게요. 우리 조직의 최 고 대원이 누구라고 생각하세요?"

손이 간곡하게 말하자 마음이 흔들렸는지 토라졌던 소피 아가 그를 똑바로 바라보며 이렇게 물었다.

순간, 손의 귓속으로 매직 보이스가 들려왔다.

—이 바보 같은 형아, 그건 바로 소피아 그녀라고요. 그 녀는 지금 형이 진작 자신을 지목할 거라고 생각했다가 다 른 말을 하는 바람에 삐진 거예요. 그러니 머리를 써서 잘 풀어줘요. 여자들은 큰일보다 이런 사소한 것에 더 예민하 거든요.

이번 일에 가장 중요한 역할을 맡고 있는 율라가 숨어서 대화를 듣고 있다가 너무 답답해 코치를 자처하고 나선 것 이다.

어쌔신들 중에서 최상위에 있는 자들은 이처럼 '매직 보 이스' 정도는 간단하게 구사할 수 있었다.

그리고 그 덕분에 손은 진땀나는 상황에서 빠져나올 수 있는 희망이 생겼다.

"그 질문은 밤그림자 대원 모두를 놓고 하는 거요? 내 말은 지휘관들까지 포함해서 묻는 거냐는 뜻이오."

"그야 당연하죠."

"에이~ 그런 거라면 답이 너무 쉽지 않소? 내가 보든 다른 사람이 보든 밤그림자에서 총수만큼 뛰어난 대원이 어디 있겠소? 당신은 두뇌 회전도 빠르고 눈치도 빠른 데다가 검술 실력까지 대단하니 비교 대상이 있을 리가 없지."

평상시에는 그렇게도 냉철하고 똑 부러지는 소피아였지만 이상하게 숀과 함께 있으면 사람이 완전히 달라진다.

지금도 그녀는 숀의 사탕발림 같은 대답에 금방 표정이 밝아졌다.

"아이 참, 저를 너무 좋게만 봐주시네요. 물론 제가 최고 대원인 것은 맞지만요. 호호……."

숀은 속으로 평상시와 전혀 다른 소피아의 태도를 보게 되자 괜히 웃음이 나왔다.

그녀가 아름답고 섹시하다는 것은 진작부터 알고 있었지만 이처럼 귀여운 면도 있다는 것은 처음 알았다.

"그럼 이번 임무에 정말로 당신이 직접 나서겠다는 거요?"

"네. 방금 주군께서 말씀하신 대로 체사레 백작 부인에게 자연스럽게 접근해 그녀가 소문을 퍼트린 장본인이라는 증거를 남겨 놓는 일은 결코 쉬운 일이 아니거든요. 그러려면 최소한 단숨에 남들의 시선을 끌 수 있는 조건이 선행되어야 하지요. 그래야 두 사람의 대화에 사람들이 더 집중할 테니까요."

가만 보니 숀은 지금 체사레 백작 부인에게 누명을 씌워 첫째 왕자 측 사람들과 둘째 왕자 측 사람들을 이간질시킬 계획을 세운 모양이다.

이 일은 말처럼 쉬운 일이 절대 아니었다.

누구보다도 그 점을 잘 알고 있는 숀인지라 소피아의 이런 대답에 선뜻 반박할 수가 없었다.

"굳이 대화에 집중시키려는 의도가 뭐요?"

"소문의 근원지가 그녀라는 증거를 만들어 달라면서요? 주군께서는 소문을 내는데 문서 작성부터 하는 사람이 있다고 생각하세요?"

"끄응… 그런 사람은 당연히 없겠지."

증거를 만들라는 지시를 본인이 해놓고도 소피아가 대뜸 이렇게 묻자 할 말이 없었다.

그리고 보니 증거를 어떻게 만들어야 하는지는 그도 생각해 보지 않았던 것이다.

마치 나무는 볼 수 있어도 숲을 못 보는 것 같은 어리석음이다.

"그렇다면 어떻게 증거를 만들어야 할까요? 답은 바로

대화예요. 제가 그녀와 이야기하는 동안 다른 사람들이 듣게 만든 다음 그녀로 하여금 자연스럽게 이번 소문을 자신이 만든 것이라고 시인하게 만드는 거죠. 그렇게만 하면 그 자리에 있던 사람들이 모두 증인이 되지 않겠어요?"

"허허… 허허허……. 과연 당신은 대단하오. 그런데 자기가 했던 말도 아닌데 그녀가 그런 식으로 시인을 하겠소?"

다른 말은 다 이해할 수 있었지만 이것이 걸림돌이었다.

그녀가 자신들 편도 아닌데 하지도 않았던 말을 했다고 할 리 있겠는가.

그렇다고 백작 부인이나 되는 여자를 뇌물로 꼬실 수도 없었다.

그렇게 하면 오히려 더 의심부터 하고 나설 가능성이 높았다.

"호호… 그건 걱정하지 마세요. 제가 그녀를 잔뜩 치켜세운 다음 교묘한 화술로 인정하도록 만들 테니까요. 이건 여자들에게만 가능한 이야기죠. 특히 그녀처럼 사교계의 큰손이라고 자부하는 사람은 더욱 쉽게 걸려들 수 있거든요."

"좀 더 쉽게 설명해 주면 안 되겠소? 솔직히 나는 아직 무슨 말인지 잘 모르겠소."

"즉, 잘난 체하기를 좋아하는 그녀의 심리를 이용하려는 거예요. 예를 들면 우선 그녀를 잔뜩 칭찬한 다음 요즘 돌고 있는 소문이 그냥 소문이 아니라 중요한 정보인 것처럼 인식시키는 거죠. 그런 다음 그것을 다른 사람이 아닌 자신이 알아내서 사람들에게 말한 것으로 포장하게 만들면 돼요."

아직 백 퍼센트 알아들은 것은 아니지만 슌은 왠지 그녀 말대로 될 것이라는 확신이 생겼다.

그녀처럼 아름다운 여인이 수작을 부리면 상대가 남자든 여자든 일단은 걸려들 수밖에 없다고 생각한 탓이다.

그리고 그것은 욜라의 한마디로 인해 더욱 확실해졌다.

―소문은 들었지만 정말 대단한 여인이네요. 가만 보니 형은 여복도 참 많은 것 같아요. 파비앙 아가씨도 놀라운데 이 여인도 그에 못지않네요. 하아…….

마지막 들려온 한숨의 의미는 도무지 알 수 없었다.

그러나 같은 여자로서 욜라가 이렇게 말하는 것을 보면 이번 작전은 소피아의 말대로 이루어질 게 분명했다.

Chapter 11

선공을 한다고요?

건들면 죽는다

1

밤그림자의 총수 소피아가 직접 나선 작전은 그야말로
완벽하게 성공했다.

소문의 진원지가 바스티안 쪽이라는 사실을 알게 된 크
리스티안은 불같이 화를 냈으며 그 즉시 형을 찾아가 대놓
고 따졌다.

그러자 바스티안 역시 자신도 모르는 일을 했다고 우기
고 있는 크리스티안에 대해 화가 날 수밖에 없었고 결국 두
사람은 지금까지 아슬아슬하게 지켜왔던 평화 협정을 깨고
말았다.

"네놈이 감히 형을 우습게 봐도 분수가 있지, 뭐가 어쩌고 어째? 어디 두고 보자. 내 반드시 네놈의 콧대를 납작하게 만들어주고 말테다!"

바스티안은 이런 말을 던지고 곧 군사를 집결시키기 시작했고,

"나이를 드셨으면 나잇값은 좀 하고 삽시다. 어떻게 동생을 모함하려고 여자까지 동원할 수 있소? 창피한 줄이나 아시란 말이오!"

크리스티안은 이렇게 형을 비난하며 전쟁 준비에 돌입했다.

하지만 막상 전쟁이 일어나지는 않았다.

왕국 안에는 이 두 왕자의 세력 외에 아직 중립을 지키고 있는 무리도 꽤 많았다.

게다가 병들어 누워 있기는 해도 아직은 국왕 루드리히 2세가 살아 있지 않던가.

아무리 화가 난다 한들 먼저 전쟁을 일으키게 되면 그 왕자는 자칫 반역자로 몰릴 수도 있었기 때문이다.

그러다 보니 서로 눈치를 보며 시간만 끌게 되었다.

"우리에게는 지금이 기회다. 이제부터 기사들과 마법사들은 최대한 열심히 훈련에 임해 자신들은 물론 모든 영지군들의 실력을 한층 향상시키기 바란다."

"알겠습니다!"

그런 소식을 전해 들은 숀은 곧바로 지휘관들을 집합시켜 놓고 일장 연설과 함께 이런 당부를 했다.

그러자 지휘관들은 모두 한목소리로 대답하고 곧바로 연병장으로 향했다.

"하지만 주군. 당장 전쟁이 일어날 것도 아닌데 병사들을 너무 몰아붙이는 것 아닐까요?"

"영주님, 기회는 자주 오는 것이 아닙니다. 만일 우리가 이 정도에 만족하고 이곳에서 안주하게 되면 결국 조만간 왕자의 난에서 승리한 자에게 또다시 괴롭힘을 당할 것입니다. 어쩌면 영지마저 빼앗기게 될지도 모르고요. 그리고 무엇보다 대업을 이루려면 지금과 같은 기회를 잘 살려야 하지 않겠습니까?"

지휘관 회의가 끝나자마자 렌탈이 다가와 숀에게 이런 말을 꺼냈다.

최근 몇 달간 렌탈 영지군은 쉼 없이 훈련에 훈련을 거듭해 오고 있었다.

렌탈은 곧바로 전쟁을 할 것도 아닌데 이러는 것은 도가 지나치다고 생각했다.

하긴 언제나 병사들을 위해 왔던 그였으니 그들이 힘들어하는 모습에 마음이 아팠는지도 모른다.

하지만 숀의 대답을 듣는 순간, 자신이 너무 안일하게 생각하고 있었다는 것을 깨달을 수 있었다.

"죄송합니다. 제 생각이 짧았습니다. 요즘 우리가 워낙 승승장구하다 보니 아직 중요한 일이 남아 있다는 것조차 잠시 망각했습니다. 용서해 주십시오."

"아닙니다. 영주님께서 워낙 병사들을 아끼는 분이다 보니 그런 것인데요, 뭐. 그런데 이것 한 가지만큼은 알아주셨으면 좋겠습니다."

"말씀하십시오."

숀은 렌탈의 마음을 충분히 알고 있었다.

그랬기에 여전히 웃는 얼굴로 다시 입을 열었다.

"나는 병사들을 혹독하게 훈련시키는 대신 그에 합당한 대가를 지불하고 있습니다. 한마디로 당근과 채찍을 잘 활용하고 있는 것이지요. 그로 인해 병사들은 지금 몸은 무척 힘들지만 대신 마음은 그 어느 때보다 행복해하고 있습니다. 그들은 우선 본인들도 잘 먹고 있지만 두둑한 수당으로 인해 가족들까지 잘 먹이고 있거든요. 게다가 지금 이 힘든 시기만 잘 넘기면 앞으로 그들은 후손들까지 행복하게 살아갈 수 있는 땅을 물려줄 수 있을 것입니다. 그게 진짜 제가 바라는 목표이기도 하고요."

"과연 주군은 이 렌탈이 목숨 바쳐 모실 만한 분이십니다. 제발 우리 왕국 전체가 그런 곳이 되도록 만들어주십시오. 그 일을 할 수 있는 분은 오직 주군뿐이십니다."

결국 렌탈은 그 자리에 한쪽 무릎을 꿇으며 이렇게 말했다.

자신보다 한참 어린 주군이지만 단 한 번도 자신의 기대를 저버린 적이 없었다.

그뿐 아니라 언제나 그 누구보다도 현명한 선택으로 그를 따르는 모든 사람들을 보호해 주었다.

그런데도 자신은 이기적으로 생각할 때가 많았다.

그것을 깨닫자 도저히 서서 이야기할 용기가 사라졌던 것이다.

"어서 일어나세요. 이러시면 내가 너무 불편해집니다."

"제 자신이 너무 부끄러워서 그렇습니다. 부디 이 못난 사람의 잘못을 용서해 주십시오."

"영주님은 잘못한 것이 없습니다. 내가 늘 중심을 잡고 있는 것도 알고 보면 영주님 덕분입니다. 그리고 지금은 이러고 계실 때가 아닙니다. 앞으로 큰일을 하실 분이 수련을 게을리 하면 되겠습니까?"

이미 이럴 때 렌탈의 고집은 알아준다.

만일 말로만 설득하려 하면 절대 금방 일어날 사람이 아니다.

그것을 알기에 슌은 수련을 핑계로 이렇게 한마디 했다.

얼마 전 슌은 그에게도 내공 심법과 그가 좀 더 쉽게 연마할 수 있는 검술 한 가지를 가르쳐 준 상태다.

나이가 있다 보니 상승의 검술을 가르쳐 줄 수는 없었지만 그가 직접 가르친 이상 절대 허접한 수준은 아니었다.

벌떡!

"주군께서 그렇게 말씀하시니 지금 바로 수련에 임하겠습니다. 그렇게 해서 실력이 나아졌다는 것을 증명할 수 있어야 주군 앞에 떳떳이 설 수 있을 것 같습니다."

"당연하지요. 다른 것은 몰라도 따님보다는 나아야 하지 않겠습니까?"

"그럼 이만 가보겠습니다. 필요할 때 불러주십시오."

딸보다 나아야 한다는 말에 충격을 받았는지 렌탈은 얼른 인사를 하고는 부랴부랴 사라져 갔다.

이런 모습을 보면 그가 검술 실력 향상에 얼마나 많은 욕심을 내고 있는지 짐작할 만했다.

"눈 깜박거리는 소리를 내면 금방 눈치채지 않겠냐?"

스윽…….

"치이… 그거야 형이 인간이 아닌 괴물이니 그렇지. 세상에 눈 깜박거리는 소리를 들을 수 있는 사람이 형 말고 누가 있겠냐고."

렌탈이 사라지자마자 숀은 천장 한쪽을 바라보며 대뜸 이렇게 말을 걸었다.

그러자 곧 허공이 갈라지며 여전히 검은 일색의 욜라가 나타났다.

그녀는 약이 올랐는지 볼멘소리로 이렇게 대꾸했다.

"그래도 지난번보다는 조금 나아졌구나. 이제 나 말고는 너의 흔적을 발견할 수 있는 사람이 없겠군."

"전에도 형 말고는 그런 사람 없었거든요? 흥!"

과거 그녀를 알고 있던 사람들이 이런 모습을 보게 되면 까무러칠 것이다. 천하의 욜라가 남자에게 코웃음을 치다니… 실로 땅이 뒤집어질 이야기였다.

"하하! 그런가? 하긴 네 나이에 그만큼 성취한 사람이 몇 명이나 되겠니? 참, 그런데 형이 한 가지 궁금한 것이 있거든? 풀어줄 수 있을까?"

"복면을 벗어보라고 할 거면 아예 관두시죠."

"젠장… 눈치는 빠르다니까. 소피아는 얼굴이 심할 정도로 예뻐서 면사를 쓰고 다니는데 너도 같은 거냐?"

욜라를 알게 되고 함께 일한 지도 벌써 반년이 넘었다.

짧다면 짧은 시간이지만 아직까지 얼굴도 모를 정도로 짧은 시간은 절대 아니었다.

그나마 숀이니 이만큼 참은 것이지, 다른 사람이었다면

벌써 벗기려고 난리를 쳤을 것이다.

그건 율라도 인정하는 부분이다.

"내가 그 여자만큼 예뻤다면 죽어도 복면 같은 것은 쓰지 않았을 걸요?"

"그럼 왜 그렇게 악착같이 쓰고 있는 건데?"

그녀를 알고 있는 모두가 가지고 있는 궁금증이다.

"처음에는 일의 성질상 어쩔 수 없이 쓰게 되었는데 시간이 갈수록 묘한 오기가 생기더라고요. 그래서 이렇게 된 이상 나를 평생 책임질 수 있는 사람에게만 얼굴을 보이기로 결심해 버리게 되었지요."

"이 녀석아, 그럼 나에게는 보여도 괜찮겠네. 어차피 너와 나는 평생 가야 하는 것 아니야?"

"…저 밥통……."

평생을 맡긴다는 뜻은 지아비로 삼겠다는 말이다.

그러나 손은 지금 말 그대로 평생 함께 일하는 것으로 착각하고 있었다. 그녀의 입에서 이런 말이 튀어 나올 만도 했다.

2

세상에 나오자마자 숱한 일에 직면하게 되는 바람에 정

신없이 시간을 보내고 있는 숀의 검술은 과연 성장하고 있을까?

답을 먼저 이야기하자면 그렇다.

지금 그는 이미 의형지검(意形之劍)의 수준을 벗어난 상태라 다른 사람들처럼 특별한 수련 시간이 필요 없었다.

그다음 단계가 바로 심검(心劍)인데 심검에 이르려면 몸보다 정신이 더 단련되어야 하기 때문이다.

즉, 숀은 그동안 연이어서 부딪치는 문제들 속에 깊이 생각할 수밖에 없었고 그런 점들이 그의 검술에도 좋은 영향을 끼치고 있었던 것이라고 할 수 있었다.

'결국 사람들에게 외면받기 싫어서 최대한 평범하게 살려고 했던 노력이 나의 무공 단계를 높여준 것이로군.'

모처럼 혼자만의 공간에서 자신의 무공을 점검하던 숀은 이 점을 깨달을 수 있었다.

설명은 쉽게 했지만 숀이 전생에 활동했던 중원에서도 의형지검(意形之劍)의 수준에 올랐던 무인은 고금을 통틀어 세 명에 불과했었다.

그 가운데서도 그만이 유일하게 심검의 문턱에 닿아 보았고 그랬기에 그가 고금제일인으로 올라설 수 있었던 것이다.

그 말은 지금 숀의 실력이 오히려 중원에 있을 때보다 조금 낫다는 것이니 어찌 놀라지 않을 수 있으랴.

'원치 않으니 오히려 무공 실력은 늘어나는구나. 이것이 야말로 무욕(無慾)의 득(得)이라 할 수 있겠군. 허허… 그렇지 않아도 적수가 없어서 고독한 판에 한 술 더 뜨고 있다니… 거 참……'

중원에서도 그가 분노해 검을 휘두르면 그 누구도 그 앞에서 살아남을 수 없었다.

그 수가 천 명이든 만 명이든 혹은 십만 명이든 그런 것은 아무런 의미도 없었다.

그런데 그보다 더 강해졌으니 이 대륙에서 누가 그를 막을 수 있겠는가.

숀도 이제는 어렴풋이 대륙을 몇 번 뒤집어엎어 놓아도 적수가 없음을 깨닫고 있었다.

'그나마 무공만이 전부가 아님을 느꼈다는 것이 다행이라면 다행일까? 최근 일 년여간의 삶은 전생과 이생을 모두 합해도 가장 즐겁다고 할 수 있다. 이곳 사람들은 진심으로 나를 따르고 있으며 좋아해 준다. 이게 바로 내가 가장 원했던 모습 아니던가. 그러니 쓸데없는 생각은 버리고 현실에 충실하자. 무엇보다 지금 내 곁에는 언제나 함께하고 싶은 사람도 있지 않은가.'

무공점검이 끝나고 나서 이런저런 생각을 하던 숀은 이

쯤에서 갑자기 벌떡 일어났다.

그리고는 곧바로 연공실을 나서더니 어디론가 빠르게 걸어갔다.

"오늘도 네 주인님은 오지 않을 모양이네."

ー먀릉… 먀릉…….

"그분이 바쁜 것은 잘 알지만 이럴 때는 괜히 서운해. 아무리 바빠도 한두 번은 얼굴을 비춰도 되는 것 아니야?"

ー먀릉… 먀르릉…….

손이 향한 곳에는 파비앙과 꼴라가 함께 있었다.

게다가 둘은 다정한 모습으로 대화를 나누고 있었기에 그는 말을 걸려다 말고 몸을 감춘 채 그들의 대화를 가만히 엿들었다.

"참 이상해. 처음 볼 때부터 너의 주인님은 왠지 낯설지가 않았거든. 그래서 왜 그런가 하고 한참 생각해 봤지. 그러다가 결국, 원인을 알 수 있었어."

ー먀르릉…….

꼴라가 할 수 있는 말은 먀릉과 먀르릉이 전부다.

간혹 화가 났을 때는 캬오라든지 아니면 크르릉이라는 말도 가끔 쓰지만 평소에는 그런 말조차 들을 일이 없었다.

하지만 그런데도 파비앙은 꼴라와 심각한 대화를 나누고

있었다.

그게 오히려 어지간한 사람하고 이야기하는 것보다 더 나은 모양이다.

"너도 알고 있겠지만 너의 주인님은 웃는 모습이 너무 귀엽거든."

'푸웁!'

이 대목에서 하마터면 숀은 소리를 낼 뻔했다.

그나마 워낙 반응 속도가 빨라 겨우 입을 막기는 했지만 그만큼 어처구니가 없었던 것이다.

자신보다 한참(?) 어린 소녀에게 귀엽다는 말을 다 듣다니⋯⋯.

어찌 보면 화가 날 수도 있는 말이었지만 이상하게 숀은 그 말이 듣기 싫지는 않았다.

그러나 문제는 엉뚱한 곳에서 벌어졌다.

―꺄 갸르르~ 갸릉갸릉~

데굴데굴⋯⋯.

숀이 귀엽다는 말에 꼴라가 비웃음과 흡사한 소리를 내며 땅바닥을 구르기 시작했던 것이다.

이 녀석 역시 그만큼 황당했던 모양이다.

"어머, 꼴라야, 왜 그래? 어디 아픈 거야?"

도리도리⋯⋯.

"난 또 어디가 아파서 그러는 줄 알았네. 호호……."

꼴라의 말을 알아들을 수 있는 것은 아니지만 평소 파비앙은 신기할 정도로 녀석의 생각을 잘 알아차렸다.

그러나 녀석이 엉큼해서 자기에게 자꾸 안기려 한다든가 아니면 지금처럼 자신의 주인을 비웃는다든가 하는 것은 전혀 알 수가 없었다.

그러기에는 아직 너무 순진했기 때문이다.

'역시 손 볼 때가 되긴 됐군. 감히 주인을 비웃어? 어디 두고 보자. 으드득…….'

손은 생각만으로 이를 간 것뿐인데 갑자기 꼴라의 태도가 이상해졌다.

비웃음을 그치고 자세를 바로 하더니 여기저기를 둘러보는 것이다.

워낙 손과 영혼으로 이어져 있다 보니 손의 생각까지 어느 정도 느낄 수 있는 모양이다.

그랬기에 손도 얼른 자세를 바로 했다.

기껏 숨어 있는데 저 눈치 없는 녀석이 달려오기라도 해서 파비앙에게 들키면 무슨 망신이겠는가.

―갸릉… 갸릉… 갸르릉…….

어디선가 주인의 향기가 나는 것 같았지만 확실하지 않았기에 꼴라는 고개를 갸웃거리며 혼자 뭐라고 떠들었다.

이럴 때는 파비앙이 녀석의 말을 알아듣지 못하는 것이
다행이다.

"꼴라야, 이리 와봐."

쪼르륵… 덥썩!

"호호… 네 주인도 너처럼 이렇게 안겼으면 좋겠다. 그럼
좀 무거우려나?"

또다시 숀의 얼굴에 부러움이 가득 찼다.

게다가 뒤에 이어진 그녀의 말에 갑자기 얼굴까지 빨개
져 버렸다.

이것을 누가 믿을 수 있겠는가.

천하의 숀이 겨우 열다섯 살밖에 되지 않은 소녀의 독백
을 듣고 얼굴까지 붉히다니…….

드래곤이 개미의 뒷발에 밟혀 즉사했다는 농담만큼 말도
안 되는 장면이었다.

도리도리도리…….

─가릉가릉…….

"그러지 말라고? 바보! 당연하지. 말은 이렇게 하지만 막
상 그분이 앞에 나타나면 얼마나 떨리는데… 숨쉬기도 힘
들 정도야. 차라리 그분이 나를 갑자기 안아주면 모를까…
하아…….

오늘따라 꼴라가 더욱 얄미운 숀이다.

그러나 또다시 이어진 파비앙의 말을 듣는 순간, 그런 생각도 우주 저 멀리 날아가 버리고 말았다. 그리고 온통 그녀의 말만 곱씹기 시작했다.

'나더러 갑자기 안아주라고? 으흐흐… 생각만 해도 오금이 다 저리네. 아니지. 그냥 눈 딱 감고 진짜로 안아버릴까? 에이~ 그래도 전생을 생각해 보면 내 손녀뻘밖에 안 되잖아. 천하의 천린이 그런 짓을 어떻게 하누… 이 바보야! 나는 지금 천린이 아닌 꽃다운 열아홉 살의 청년이라고! 그 정도는 해도 된다니까.'

혼자 북 치고 장구 치고 하면서 온몸을 배배 꼬았다.

이럴 때 멀린이 있었으면 마법 영상기를 돌려 저 모습을 찍어 놓고 싶어 했을지도 모른다.

하지만 그들의 주변에는 아무도 없었고 오로지 이제 겨울에 접어들고 있는 앙상한 나무들만이 벌벌 떨고 있었을 뿐이었다.

3

어느덧 가을이 완전히 지나고 추운 겨울이 왔다.

렌탈 영지는 변방인 데다가 북쪽으로 치우쳐 있는 지역이기 때문에 다른 곳보다 겨울이 더욱 추운 편이었다.

거기다 눈도 많이 내린다.

오늘도 여전히 눈이 날리고 있었지만 어디선가 몹시 시끄러운 소리가 들려왔다.

"하나~ 두울~ 세엣~ 넷! 하나, 둘, 셋, 넷!"

"목소리 봐라! 스프도 못 먹었나? 더 크게 지르지 못해!"

눈이 소복이 쌓이고 있는데도 렌탈 영지의 병사들은 웃통을 벗어 던진 채 죽어라 뛰고 있었다.

예전 같으면 이런 구보는 꿈도 꾸지 못했다.

이런 날씨에 웃통 벗고 뛰었다가는 동상이 걸리거나 감기 몸살로 위험할 수 있기 때문이다.

하지만 이들은 모두 내공을 지니고 있었기에 이렇게 뛰어도 아무 이상이 없었다.

오히려 혹한기에 훈련을 함으로 인해 내공은 더욱 정순해지고 육체도 극한까지 단련되고 있었다.

"매일 보는 광경이기는 하지만 참 대단한 것 같습니다. 저들이 정말 제가 알고 있던 그 영지군인지 의심스러울 정도입니다. 게다가 저런 병사가 천팔백 명이라니… 휴우…….."

"아직 놀라기는 이르네. 진짜 시작은 이제부터거든."

병사들이 달리고 있는 곳에서 그리 멀지 않은 언덕 위에 두 사람이 서서 이런 대화를 나누고 있었다.

큰 키에, 이런 추위 속에서도 간단한 홑옷 하나만 걸치고 있는 사람은 숀이었고 로브의 모자를 푹 눌러쓰고 있는 사람은 바로 멀린이었다.

멀린은 천팔백 명의 병사 가운데 가장 선두에서 달리고 있는 오리지널 렌탈 영지군을 발견하고는 이렇게 말했다.

그러나 숀은 그런 그에게 더욱 놀랄 만한 이야기를 던졌다.

지금도 훈련 강도가 보통이 아닌 것 같은데 진짜 시작은 따로 있다니… 괜히 더욱 추워지는 멀린이다.

"대체 어떤 훈련을 더 시키려고 그렇게 말씀하시는 겁니까?"

"저들이 익히고 있는 드래곤 바인드 진은 한 번 발동되면 천하무적이라고 할 수 있을 만큼 엄청난 위력을 가지고 있지만, 진을 움직이는 사람들이 그것을 지탱하지 못하면 무용지물이 되고 말지. 지금도 우리 병사들은 어지간한 기사 못지않은 실력을 가지고 있기는 하네. 만약 같은 수의 병사와 부딪히면 순식간에 제압할 수 있지. 최소한 병력 수가 다섯 배 이상이 되지 않으면 패배할 일이 없다네."

"휘유~ 저도 그 정도는 될 것이라고 짐작하기는 했습니다. 그럼 이제 오히려 병사들을 쉬게 하면서 천천히 훈련해도 되지 않을까요?"

멀린은 숀이 어째서 이런 이야기를 꺼내는지 선뜻 이해하지 못했다.

그랬기에 자신의 입장에서 상황을 판단해 보고 조심스럽게 가장 괜찮을 것 같은 방향을 제시해 보았다.

그도 무턱대고 혹독한 훈련만이 능사가 아니라는 것쯤은 알고 있었기 때문이다.

"그러다가 다섯 배 이상의 적이 몰려오면 어떻게 할 텐가? 두 왕자 가운데 한쪽만 병사를 밀고 온다 해도 최소 이만 명 이상은 될 걸세. 이건 내가 욜라를 통해 제법 자세하게 조사시킨 내용이니 틀림없을 거야. 만약 그런 병사들이 몰려온다면 항복해야 한다고 생각하나?"

"그, 그럴 리가요. 끝까지 싸워야겠지요."

갑작스러운 숀의 질문에 멀린은 깜짝 놀라 겨우 이렇게 대답했다.

실수로라도 이럴 때 항복한다고 했다가는 홀랑 벗겨져서 눈구덩이 속에 처박힐지 몰랐다. 저 인간이라면 그러고도 남았다.

"나도 그렇게 생각하네. 그리고 그 싸움에서도 승리하기 위해 지금 저들은 땀을 흘리고 있는 거지. 현재 우리 병사들이 보유하고 있는 마나는 필요한 수준보다 약 10퍼센트 정도 부족한 상태야. 그 부분만 최대한 빨리 끌어 올린다면 이만이 아니라 오만이 온다고 해도 절대 패배하는 일은 없을 걸세."

"그, 그게 정말 가능합니까?"

이런 이야기를 다른 사람이 했다면 미친놈이라고 침을 뱉어주고 돌아서고 말았을 것이다. 하지만 암암리에 그랜드 마스터로 인정받고 있는 손이 헛소리를 할 리는 없었다. 실제로 그가 했던 말 가운데 그대로 되지 않았던 일은 단 한 건도 없지 않던가. 그러니 더욱 기가 질릴 수밖에……

"드래곤 바인드 라는 진은 나를 가르쳤던 하이 엘프들 사이에서도 전설로만 내려오던 진일세. 원래는 최고의 기사 서른여섯 명이 펼쳤던 진이지만 내가 이번에 저들을 위해 새롭게 보완했네. 그런 만큼 그 위력은 나조차도 알 수 없네. 단지 과거 이 진을 펼쳤던 서른여섯 명의 기사가 자신들과 비슷한 실력을 가지고 있는 기사단 열 개를 박살 냈던 적은 있었지. 참고로 그때의 기사단은 기본 인원이 각각 일백 명이었네. 자네는 수학을 잘하니 금방 알겠군. 서른여섯 명이 천 명을 물리친 진이라면 천팔백 명이 몇 명을 이길 수 있겠는가?"

"오만 명입니다. 휴우……."

이제야 멀린은 손이 기분대로 오만 명을 말한 것이 아님을 알 수 있었다.

그는 과거의 예를 비춰서 그런 숫자를 산출했던 것이다.

물론 손의 이야기는 대부분 거짓말이다.

그러나 소림사 삼십육 나한진이 천 명의 고수를 물리쳤던 일은 당시 중원을 깜짝 놀라게 했던 실화이다.

즉, 위력을 설명하는 부분은 거짓말이라고 할 수 없다는 뜻이다.

"그래서 나는 이번 겨울이 가기 전에 저들의 마나를 백 퍼센트로 끌어 올릴 생각이네. 그래야 우리가 원하는 일을 할 수 있지 않겠는가."

"저기… 외람된 질문입니다만 저희가 원하는 일이 구체적으로 무엇입니까? 아, 궁극적으로 두 명의 왕자를 혼내줄 계획이라는 것은 저도 짐작하고 있습니다만, 당장 해야 할 일이 무엇인지는 아직 몰라서요."

손의 말에 멀린은 그의 눈치를 살피면서 이렇게 말했다.

하긴 어떤 일을 저지를 때는 거의 말을 해주지 않는 손인지라 이런 질문을 할 만도 했다.

당장도 저렇게 무서운 병사들을 양성해 무엇부터 할 것인지 감이 오지 않았다.

"가장 먼저 약속부터 지켜야겠지. 안 그런가?"

"약속이요? 어떤 약속을 말씀하시는 건지……."

멀린도 놀고 있지만은 않았다.

그는 요즘 5서클 마법을 완전히 마스터하고 6서클로 올라갈 수 있는 단초를 움켜쥘 수 있었다.

물론 이런 상태로도 죽을 때까지 6서클에 올라서지 못하는 경우가 허다했지만 다행히 그에게는 숀이라는 엄청난 조력자가 있었다.

그랬기에 어쩌면 조만간 6서클이라는 꿈같은 경지에 들어설지도 모른다.

그런 그였지만 아직도 숀 앞에서는 기를 펴지 못했다.

그러니 말끝마다 눈치를 볼 수밖에…….

"당연히 크롤 백작과 한 약속이지. 저기를 보게. 그래도 명색이 최고 귀족이라는 백작인 사람이 이런 엄동설한에 손수 나와 병사들을 훈련시키고 있지 않은가. 그러니 주인 된 사람으로서 어떻게 그와의 약속을 어기겠나?"

"그럼 정말로 테우신 백작과 싸울 생각이십니까?"

아무리 병사들이 강해졌다고 해도 멀린의 머릿속에서 테우신 백작은 여전히 강자였다.

그랬기에 숀이 그와 싸운다는 것은 아직 불리하다고 판단했다.

"물론이네. 그것도 무조건 우리가 선공을 하게 될 걸세."

"네? 원정을 나서야 할 판국에 선, 선공을 한다고요? 맙소사!"

언제나 멀린을 놀라게 만드는 손이었지만 설마 오늘도 이런 충격을 줄 줄은 몰랐다.

그래서인지 멀린은 양손을 자신의 로브 모자 속에 집어넣더니 열심히 머리를 쥐어뜯기 시작했다.

Chapter 12

복 터진 멀린

건들면 죽는다

1

　최근 렌탈 영지에 일어난 많은 변화 가운데 가장 특이할
만한 것은 바로 마법 병단의 창설이다.

　전에는 마법사라고 해봤자 멀린 한 명과 단데스 영지에
서 포로로 잡혀 왔던 3서클 한 명, 2서클 마법사 두 명이 전
부였기에 병단을 만들기에는 무리가 좀 있었다.

　하지만 이제는 거기에 5서클 마법사 한 명, 4서클 두 명,
3서클 두 명이 더 추가되지 않았는가.

　어디와 비교해도 뒤지지 않을 정도로 엄청난 위용인 만
큼 공식적인 병단을 만드는 것은 너무나 당연했다.

그런데 그 안에는 아직 해결되지 않은 문제가 남아 있었다.

"저기… 주인님."

"응?"

"아무래도 마법 병단 본부에 한번 와주셔야겠습니다."

"갑자기 왜?"

마법 병단이 출범한 지 한 달쯤 지났을 때 멀린이 숀에게 와서 다짜고짜 이런 부탁을 했다.

그러자 숀은 의아하다는 듯 고개를 갸웃거리며 이렇게 물었다.

기사들을 비롯해 병사들을 훈련시키는 것만으로도 정신이 없이 바쁜데 이럴 때 마법도 모르는 자신을 병단 본부까지 오라고 하니 그럴 만도 했다.

그곳은 애초부터 멀린에게 맡겼던 터였다.

"마법사들의 단합이 영 이루어지지 않고 있거든요. 아무래도 주인님께서 직접 오셔서 서열 정리를 해주셔야 할 것 같습니다."

"뭣이라고! 그럼 그들이 자네의 명령을 따르지 않고 있다는 말인가?"

멀린이 기어 들어가는 목소리로 이렇게 대답하자 금방 숀의 목소리가 커졌다.

자신이 멀린에게 책임을 맡겼다는 것은 그를 병단주에 임명했다는 것과 마찬가지다.

아직 훈련이 우선인지라 공식적으로 직함을 발표하지 않았을 뿐 이미 모든 대우는 거기에 걸맞게 하고 있었다.

그런데 서열 정리를 다시 해야 한다니… 그가 흥분할 만도 했다.

"다 그런 것은 아니지만 자꾸만 중간에 칼베르토 마법사가 끼어들어서요. 그와 저는 실력이 비슷한 처지라 막무가내로 명령을 내리기도 어렵습니다. 그게 마법사들의 관습적인 면이라 제가 혼자 통제하기가 좀 애매합니다."

"마법사들의 관습? 무슨 말인지 좀 더 자세하게 이야기해 보게."

"알겠습니다. 그게 무슨 말씀인가 하면요……."

숀의 질문에 멀린이 자세를 바로 하며 다시 입을 열려던 순간, 갑자기 숀의 집무실 밖에서 누군가가 큰 목소리로 외쳤다.

"원수님! 훈련이 시작되었습니다!"

"잠깐 들어와라!"

숀이 먼저 병사들의 훈련이 시작되면 보고하라고 말해둔 모양이다.

그런데 지금은 그보다 중요한 문제가 있다고 판단했는지

손은 보고하던 병사를 들어오게 했다.

"충~성! 병사 크롬, 원수님께 인사 올립니다!"

"쉬어."

척척!

크롬이라는 병사는 갑자기 원수실에 들어오게 될 줄을 몰랐었는지 바짝 군기가 든 모습으로 인사를 했다.

손이 쉬라도 해도 그는 굳어 있는 자세를 풀 수 없었다.

일반 병사들에게 손의 존재는 신 이상이었으니 어찌 편한 자세를 취할 수 있겠는가.

손도 그 점을 짐작했는지 얼른 그를 부른 용건을 꺼냈다.

"크롤 사령관께 가서 나는 바쁜 일이 있어서 오전 훈련을 참관할 수 없으니 예정대로 훈련을 시작하라고 전해주게."

척!

"알겠습니다!"

자신의 명령을 받고 더욱 군기가 들어간 크롬이 절도 있는 자세로 나가자 손은 빙그레 웃으며 다시 입을 열었다.

"날이 갈수록 병사들의 사기가 높아지고 있는 것 같군. 아참, 미안하네. 어서 하던 말을 계속해 보게. 마법사들의 관습에 관한 내용 말일세."

"오히려 바쁘신 분을 붙잡고 하소연하고 있는 제가 더 죄송합니다. 주인님이 나서지 않으시면 문제가 더 꼬일 수 있을 것 같아서요."

"그렇게 말을 하니 더 궁금해지는군."

실제로 요즘 영지 내에서 가장 바쁜 사람이 숀이다.

그는 병사 훈련은 물론 지휘관들의 정신 교육과 앞으로 바꾸어 나가야 할 점 등을 알려주어야 했고, 매일같이 그들과 함께 회의를 열어야 했다.

그뿐 아니라 최근 새롭게 흡수된 단데스 영지와 기존 렌탈 영지의 경영에도 참여해 여러 가지 개선 방안도 모색하고 있었다.

몸이 열두 개라도 모자랄 판이다.

그러니 멀린이 얼마나 미안했겠는가.

하지만 숀은 괜찮다는 듯 그가 더 편하게 이야기할 수 있게 배려해 주고 있었다.

'이분은 알면 알수록 저절로 존경심이 드는 분이시다. 처음 잡혀서 억지로 수하가 될 때는 원망스럽기만 했는데 이제는 그 일이 내 인생에서 가장 축복이었음을 알 것 같다. 정말 그릇이 크신 분이야.'

그 모습을 보며 잠깐 이런 생각을 하던 멀린이 다시 입을 열었다.

"누가 그러자고 특별히 정한 일도 아니건만 마법사들 사이에서는 서클이 곧 계급이나 마찬가지입니다. 서로 다른 곳에서 일을 하다가 만나도 상대의 서클에 따라 자연스럽게 위아래가 정해지는 것이지요. 그게 관습입니다. 어찌 보면 현명한 일이기도 합니다. 이 관습 때문에 마법사들 사이의 분쟁은 그다지 많지 않으니까요."

"그거 재미있군."

한마디로 힘이 계급이라는 논리다.

어차피 개겨봤자 자신보다 힘이 센 사람에게 이길 수는 없는 것 아니겠는가.

물론 세상이 그렇게 단순하게 돌아가는 것은 아니지만 나름대로 일리는 있었다.

"문제는 거기서 비롯되었습니다. 주인님께서도 아시다시피 저와 칼베르토 마법사는 실력이 비슷합니다. 실제로 싸운다면 제가 미세하게 앞설 거라고 생각하기는 합니다만 그렇다고 싸울 수는 없는 노릇 아닙니까? 아무튼 그러다 보니 매사에 칼베르토 마법사가 자꾸 딴죽을 걸고 나옵니다. 그에게는 원래부터 함께했던 마법사들까지 있어서 더욱 통제가 어려운 실정이지요. 휴우……."

"듣고 보니 자네의 머리가 조금 아플 수밖에 없겠군. 하지만 그 문제를 해결하는 것은 간단할 것 같은데?"

"네? 그, 그게 정말이십니까?"

자신은 이 문제를 손에게 이야기하는 데까지 무려 한 달

이상을 고민했었다.

병단이 창설되던 그날부터 시작된 고민이라고 해도 과언이 아니다.

그런데 손은 듣자마자 해결할 수 있을 것처럼 말을 하니 놀랄 수밖에……

"왜? 내 말이 믿기지 않나?"

"그, 그게 아니라 너무 쉽게 대답을 하셔서요. 솔직히 저는 이 문제로 한참 고민했거든요."

"원래 고민은 오래 생각할수록 풀기 힘든 법이지. 자네가 진작 날 찾아와 말을 했다면 지금쯤은 마법 병단도 팽팽 잘 돌아갔을 텐데… 쯧……."

손이 이렇게까지 말하는데도 멀린은 여전히 쉽게 믿기지 않았다.

당연한 것이 손은 마법을 잘 모르지 않던가.

그 능력이야 마법보다도 위에 있다고 생각했지만 그것과 지금 자신이 처해 있는 문제는 성질이 달랐다.

애초 손을 병단 본부로 가자고 했던 것은 칼베르토에게 뭔가 말을 해달라는 뜻이긴 했지만 그것만으로 문제 해결이 완벽하게 될 거라고 생각하지는 않았었다.

그런데 손은 이처럼 장담을 하고 있는 것이다.

"저기… 주인님. 그 해결 방법을 먼저 말씀해 주시면 안

될까요? 너무 궁금해서 그렇습니다."

"아주 간단해. 자네가 칼베르토보다 실력을 늘리면 되는 거니까."

"네에? 실, 실력을요? 오, 맙소사!"

말은 쉽다.

하지만 재수 없으면 평생이 걸려도 불가능할 수 있는 것이 바로 5서클 이상의 마법사가 되는 일이다.

그런데 방법이라는 것이 고작 그거라니…….

주인님만 아니었다면 곧바로 불로 튀겼을지도 모를 만큼 어이없는 대답이었다.

2

그렇지 않아도 멀린의 실력을 조금 더 올려주려고 생각했던 손이다.

그랬기에 나름 몇 가지 준비해 놓았던 것들이 있었다.

그러나 요즘 너무 바빴기 때문에 그만 그것을 잊어버리고 있었다.

그런 상황에서 멀린이 찾아와 이런 하소연을 늘어놓았으니 어떤 면에서는 잘되었다는 생각까지 들었다.

"지난번에도 주인님의 도움 덕분으로 5서클에 올라설 수 있었습니다. 하지만 5서클과 6서클은 차원이 완전히 다릅니다."

"어떻게 다른데?"

숀과 멀린은 지금 마차를 탄 채 어디론가 가고 있었다.

예전 같으면 또다시 멀린의 멱살을 잡고 무조건 허공으로 날아갔겠지만 그랬다가는 이 엄동설한에 자칫 위험할 수고 있어서 이처럼 마차를 준비시켰던 것이다.

그 안에서 멀린은 여전히 어렵다는 얼굴로 이렇게 말을 했다.

"인간이 죽어라고 노력하면 4서클까지 도달할 수 있고 거기에서부터는 깨달음이 있거나 기연을 만나 마나 서클이 올라갈 수 있어야 다음 단계로 올라설 수 있습니다. 하지만 6서클부터는 그조차도 쉽지 않습니다. 인간이 가슴에 품을 수 있는 최대의 마나 양이 5서클이기 때문입니다."

"그렇다면 현재 6서클이나 7서클 마법사는 인간이 아니라는 말인가?"

인간이 마나를 품을 수 있는 한계가 5서클이라면 6, 7서클 마법사는 대체 어떤 방법으로 될 수 있다는 말인가?

숀은 선뜻 이해가 가지 않았다.

"그건 아닙니다. 5서클을 마스터한 마법사가 장시간에 걸친 각고의 노력을 기울이다가 깨달음을 얻어 각성을 하게 되면 가슴 바로 아래쪽에 있는 곳의 문이 열립니다. 그 곳을 전문 용어로 네이블 스페이스(navel space)라고 하지요. 오로지 거기만이 가슴에서 품을 수 없는 새로운 서클을 형성할 수 있는 공간입니다. 그 문을 열지 못한다면 아무리 노력해도 절대 5서클 이상의 벽을 깰 수가 없는 것이지요."

"네이블 스페이스? 쉽게 말하자면 배꼽 공간이라는 뜻이네?"

"그렇습니다."

"혹시 그 위치가 배꼽 조금 아래인 이 부근쯤 아닌가?"

멀린의 이야기를 듣던 숀이 뭔가 감을 잡은 것 같은 얼굴로 자신의 배꼽 아래 세 치 정도 되는 지점을 가리키며 이렇게 다시 물었다.

"헛! 맞, 맞습니다! 마법에 대해 잘 모르시다더니 그것은 또 어떻게 아셨습니까?

"하하하! 그런 거라면 더욱 쉽겠군."

멀린의 대답을 듣자마자 숀은 갑자기 통쾌하게 웃었다.

가슴에 품을 수 없는 서클을 받아줄 수 있다는 곳이 바로 단전이 확실하다는 것을 알았기 때문이다.

마법은 모르지만 단전을 이용하는 법은 그보다 더 잘 아는 사람이 없을 터였다.

당장만 해도 렌탈 영지의 병사들은 마나를 단전에 모으

고 있지 않은가.

그 말은 어쩌면 멀린의 몸에 6서클의 마나를 증가시켜 주
는 일이 생각보다 더 쉬울지 모른다는 뜻도 되었다.

그러니 즐거울 수밖에…….

"주인님. 저 지금 농담으로 말씀 드린 것이 아닙니다. 그
러니 웃음 좀 자제해 주셨으면 감사하겠습니다."

"이런… 자네가 오해를 한 모양이로군. 방금 내가 웃은
것은 절대 비웃음이 아니었다네. 단지, 어쩌면 생각보다 쉽
게 자네를 도와줄 수 있을 것 같아서 웃었던 것뿐이야."

"그, 그럴 리가요……."

마법사들에게 제삼자의 도움으로 6서클에 오를 수 있다
는 말을 하면 돌부터 날아올 것이다.

말이 안 되는 이야기이기 때문이다.

그건 멀린도 마찬가지였지만 그는 손의 대답을 듣는 순
간 알 수 없는 기대감이 솟구치기 시작했다.

도울 수 있다는 사람이 다름 아닌 그랜드 마스터인 탓이
다.

용어는 정의되어 있지만 대륙 역사상 단 한 번도 출현한
적이 없는 존재… 그게 바로 그랜드 마스터 아니던가.

물론 아직 그가 진짜 그랜드 마스터인지는 그 누구도 확
신하지 못했다.

그 정도 경지가 어떤 수준인지조차 알 수 없으니 당연했다.

하지만 슌의 무서움을 목격했던 사람들은 무조건 그를 그랜드 마스터로 믿고 있었다.

최소한 소드 마스터보다 강한 것은 확인이 된 사실이기 때문이다.

"이렇게 된 이상 마차는 돌려보내는 것이 좋겠군. 내가 원하는 곳까지 가려면 시간을 너무 낭비할 것 같거든."

"헉! 그, 그럼 설마 이런 추위에 또……."

슌이 마차를 버린다고 하자 멀린은 본능적으로 몸을 움츠렸다.

그가 또다시 자신을 안고 날아가려는 것을 눈치챈 것이다.

따뜻한 날씨에도 그건 두 번 경험해 보고 싶지 않은 공포였는데 살을 에는 것 같은 이런 추위 속에서야 더 그렇지 않겠는가.

"어허! 이 사람! 잠깐 고통을 겪고 6서클에 오르겠나, 아니면 그냥 이대로 편히 돌아가 평생 5서클 마법사에 만족하면서 살겠나? 나는 강요하지 않을 테니 자네가 선택하게."

"……주인님 뜻에 따르겠습니다. 훌쩍……."

비록 울먹거리기는 했지만 멀린은 길게 생각하지도 않고

바로 이렇게 대답했다.

물론 5서클로 살아가도 그리 나쁜 삶은 아니다.

손을 만나지 못했다면 아직도 4서클이었을 테니 그럴 만
도 했다.

하지만 이제는 달랐다.

시간이 흐를수록 멀린은 조금씩 변하고 있었다.

그는 어느새 조금씩 대마법사의 풍모를 흉내라도 내기
위해 노력했으며 자신의 진짜 가치를 찾고 싶은 욕심이 새
롭게 충만해져 있는 상태다.

그런 이상 배부른 돼지보다는 배고픈 현자의 길을 택했
다.

"후후… 자네는 생각보다 간단하게 내 시험을 통과했군.
그 덕을 보게 될 거야. 이봐, 찰스!"

"네! 원수님!"

이야기를 하던 손이 갑자기 찰스를 불렀다,

그는 지금까지 마차를 몰고 왔던 마부다.

그 역시 알고 보면 마나를 익힌 병사였기에 이런 강추위
속에서도 별 어려움 없이 마차를 몰아 올 수 있었다.

"여기부터 우리는 걸어갈 테니 자네는 성으로 돌아가
게."

"넷? 저 혼자 돌아가라굽쇼?"

"돌아가서 렌탈 영주님께 이렇게 전하게. 나와 멀린 마법 사는 며칠 중요한 용무를 보고 갈 테니 걱정하지 말라고… 알겠나?"

"네! 알겠습니다!"

마부 찰스는 무슨 일을 하려고 깊은 산중에서 갑자기 이런 말을 하는 것인지 궁금하기는 했지만 그렇다고 감히 더 물어볼 수도 없었다.

그랬기에 대답과 함께 빠른 속도로 마차를 몰아 그 자리를 벗어났다.

"두려운가?"

"솔직히 그렇습니다. 게다가 날씨도 너무 춥고요."

시간이 흐를수록 숀은 멀린이 마음에 들었다.

이 사람은 약간 푼수끼가 있기는 해도 언제나 솔직했다.

처음 거짓말을 한 것을 후회하기 때문이라더니 그 말대로 정말 정직함을 지켜왔다.

그 때문에 가끔 숀에게 혼나기도 하지만 이처럼 대하기 편한 사람도 별로 없다는 생각이 들었다.

그랬기에 그를 더욱 강하게 만들어주고 싶다는 욕심도 생긴 것이다.

"너무 걱정하지 말게. 조금 전 자네가 내 시험에 통과했으니 이번에는 편안하게 옮겨주지. 어서 내 손을 잡게."

"네……."

턱!

"헛!"

멀린은 손의 손을 잡았다가 깜짝 놀라 얼른 다시 떼었다.

그 손을 통해 알 수 없는 뜨거움이 전해졌기 때문이다.

"겁먹지 말게. 자네 춥다면서? 내 손을 잡으면 그 추위가 싹 가실게야. 그러니 걱정 말고 잡게."

"아… 죄송합니다."

그제야 손의 의도를 알게 된 멀린이 다시 그의 손을 잡았다.

그러자 순식간에 추위가 사라져 버렸다. 그리고 바로 그 순간,

"그럼 가네! 타핫!"

슈우욱~~!!

이 말과 함께 두 사람의 몸은 까마득한 허공으로 떠오르더니 순식간에 사라지고 말았다.

Chapter 13
또 하나의 전설

건들면 죽는다

1

　손과 멀린이 다시 영지로 돌아온 것은 사라진 날로부터
딱 오 일이 지난 후였다.

　손의 예상보다 시간이 길어진 것이다.

　그건 그만큼 5서클에서 6서클에 올라서는 일이 그리 쉽
지 않았음을 짐작케 했다.

　두두두두~~!

　"이제야 오시는군요, 원수님! 그리고 멀린 마법사님."

　"무엇하러 여기까지 나오십니까? 영주님. 남들이 흉볼까
두렵습니다."

"원수님은 우리 영지에서 가장 귀하신 분입니다. 그런 분이 오랜 시간 나갔다가 돌아오셨는데 당연히 마중을 나와야지요. 흉은 누가 흉을 본다고 그러십니까?"

두 사람이 성의 정문에 도착했다는 사실이 전해지자마자 렌탈을 비롯한 주요 인사들이 모두 한꺼번에 성문 앞으로 달려왔다.

손의 위상이 어느 정도인지 보여주는 일면이다.

아무튼 그렇게 그들은 모두 영주의 관사로 들어갔다.

그리고는 곧장 회의실로 향했다. 손이 요구했기 때문이다.

"단주님. 우리에게 너무하신 거 아니오?"

"그건 또 무슨 말씀이십니까?"

그들이 회의실로 향할 때 칼베르토가 급히 멀린 옆으로 다가오더니 낮은 목소리로 이렇게 말을 걸었다.

바로 칼베르토다.

멀린보다 그가 나이가 훨씬 더 많았기에 멀린은 그를 함부로 대할 수도 없었다. 지금까지는 말이다.

"아무런 귀띔도 없이 오 일씩이나 자리를 비운 일을 말하는 거요."

"영주님께서 아무런 말씀도 하지 않으셨습니까? 갑작스러운 일이 생겨 며칠 자리를 비운다고 원수님께서 마부를 통해 전달하셨을 텐데요?"

아무리 그렇다고 해도 멀린은 현재 마법 병단주이다.

즉, 칼베르토보다 상관이라는 뜻이다.

그런데도 이런 식으로 따진다는 것은 거의 하극상이나 마찬가지였다.

기사단이었다면 이런 경우 바로 응징을 받았겠지만 마법 사들은 그들 나름대로의 룰이 있었기에 아직은 뭐라고 할 수 없었다.

"전해 듣는 것과 직접 듣는 것은 다르오. 앞으로는 신경 좀 써주셨으면 좋겠소. 커흠……."

"지금은 원수께서 말씀 중이시니 그 이야기는 조금 있다가 하기로 합시다. 나 역시 우리 병단 사람들에게 할 말이 있으니까요."

"그럽시다."

손이 간부들에게 이것저것 지시를 하는 중이라 두 사람 은 일단 이쯤에서 이야기를 끝냈다. 그리고 회의가 끝나자 다른 사람들과 인사를 나누고는 곧바로 마법 병단 본부로 이동했다.

"어서 오십시오, 병단주님! 원수님과 중요한 일을 보고 오셨다고요?"

"그렇소. 앞으로 우리 영지가 나아갈 바를 결정하기 위한 일이었다오."

"우와~ 역시 대단하십니다. 하긴 우리 원수께서 가장 신임하는 분이시니 그럴 만도 하지요."

병단 본부에 도착하자 서클이 낮은 마법사들 우선으로 가장 크게 기뻐하며 반겨주었다.

이들은 단데스 영지에 있다가 흡수된 자들로 요즘 은근히 신참들에게 갈굼을 당하는 터라 멀린이 반가울 수밖에 없었다.

그가 없으면 칼베르토를 중심으로 뭉친 신참들이 그들을 완전히 무시하고 있는 상황이었다.

그 점을 멀린도 알고 있었지만 지금까지는 어떻게 할 수가 없었다.

질서를 잡으려고 해도 사사건건 같은 5서클 마법사인 칼베르토가 방해를 했기 때문이다.

"다들 시끄럽다. 병단주께서 피곤하실 텐데 지금 그게 무슨 헛소리냐!"

"그저 반가워서 그러는 것뿐인데 왜 그러십니까? 칼베르토 마법사님은 나이에 걸맞지 않게 너무 신경이 예민하신 것 같군요."

지금도 같은 맥락에서 칼베르토가 호통을 치자 마침내 멀린이 슬슬 딴죽을 걸고 나섰다.

이제야말로 진검 승부가 필요한 시점이라 판단했는지 그가 가장 듣기 싫어하는 나이까지 들먹였다.

"이것 보시오, 멀린 마법사. 당신이 이곳의 책임자라는 것은 나도 알고 있소. 그랬기에 그동안 참고 따라준 것이오. 하지만 이런 식으로 나오면 곤란할 게요. 안 그런가?"

"맞습니다. 직책이 좀 높다고 해도 같은 서열의 마법사이니 연배가 훨씬 많으신 칼베르토 마법사님의 뜻을 따르는 게 옳다고 생각합니다!"

"옳소!"

늘 이런 식이었다.

칼베르토가 5서클이고 멀린도 5서클인 상황에서 양측이 부딪치면 나머지 서열이 높은 마법사들은 모두 칼베르토 편을 들어준다.

그렇게 되면 한바탕 드잡이질을 하고 싶어도 참을 수밖에 없다.

힘에서 밀릴 수밖에 없기 때문이다.

하지만 오늘은 달라도 한참 달랐다.

"당신들 지금 내게 반기를 드는 겁니까?"

"반기라고 할 것도 없소. 당연한 말을 하는 것뿐이니까."

평소 워낙 멀린을 쉽게 생각했기에 칼베르토는 아직도

그가 뭔가 달라졌음을 눈치채지 못하고 있었다.

만일 이때라도 마나 체크를 해보았다면 조심을 했을 텐데 불행히도 그럴 일은 없었다.

"지금까지는 칼베르토 당신이 나이가 많아 그나마 꽤 참아가며 존중해 주려고 애를 쓴 편이지요. 하지만 오늘부터는 다릅니다. 이제 곧 우리는 전투에 나서야 할지도 모르거든요. 그런 이상 무엇보다 병단 내의 질서부터 잡을 생각입니다. 그러니 모두 협조해 주십시오."

"멀린, 말을 너무 함부로 하는군. 당신이나 나나 마법사요. 어차피 둘 다 비슷한 실력을 가지고 있는데 나이가 많은 내게 더 조심해야 하는 것 아니오?"

"누가 당신과 비슷한 실력이라고 했습니까? 방금도 말씀드렸을 텐데요? 그동안 참아 왔다고…….."

"허허… 지금 나하고 말장난이라도 하자는 거요? 비슷하지 않으면? 당신이 감히 6서클 마법사라도 된다는 거야 뭐야! 앙?"

마침내 칼베르토가 흥분해서 막가자는 식으로 나섰다.

그러자 그를 따르는 마법사들도 그의 곁에 모여들었다.

이거야말로 제대로 하극상이 일어날 판이다.

"지금 다들 나에게 반항이라도 하겠다는 겁니까?"

"자꾸만 직책을 앞세워 우리를 핍박하면 힘으로라도 투

쟁을 해야겠지."

상황이 불리하게 돌아가는데도 멀린은 전혀 흔들림 없는 목소리로 자신 앞에 버티고 서 있는 자들을 향해 이런 질문을 던졌다.

그러자 칼베르토는 아예 노골적으로 마나를 끌어 올리며 강경한 어조로 대꾸했다.

"자네들 생각도 같은가?"

"아닙니다! 저희는 오로지 단주님 명만 따르겠습니다. 이 자리에서 죽는다 해도 그 생각에는 변함이 없습니다.!"

그나마 실력은 딸려도 단데스 출신 마법사들은 절대적으로 멀린을 따르려고 했다.

그 덕분에 그나마 위안이 되는 그다.

"고맙군. 그럼 자네들은 지금부터 겁도 없이 마법 병단의 질서를 깨려는 자들이 어떻게 되는지 구경이나 하게."

"그, 그게 무슨 말씀이신지……."

"클클… 결국 오늘 결판이 나겠군. 만일 우리가 이긴다면 곧장 원수님께 말씀 드려서 병단주를 바꿔달라고 할 것이네. 어느 단체든 질서가 잡히려면 강자가 나서야 하거든."

실력으로만 따지면 비슷하지만 자신에게는 3서클과 3서클 마법사 둘이 절대 충성을 바치고 있다.

그런 이상 그의 말도 일리는 있었다. 오 일 전이었다면 말이다.

"그 말… 후회하지 않을 자신 있습니까?"

"당연하지."

"그럼 어디 해봅시다. 나의 권능으로 그대들의 능력을 제한할 것을 명하노라. 베놈!"

샤라라랑~~!

칼베르토의 대답이 끝나자마자 멀린의 입에서 섬뜩한 주문과 함께 기묘한 기류가 흘러나갔다.

바로 상대의 체력과 마나를 감소시키는 무서운 마법이 시전된 것이다.

"큰일 났습니다. 마나가… 마나가 점점 빠져 나가고 있습니다!"

"헉! 이, 이건 6… 6서클 마법인데 어떻게……."

그러자 그렇게 자신만만했던 켈베르토의 얼굴이 흙빛으로 변해 버렸다.

방금 멀린이 사용한 마법이 무려 6서클임을 깨달았기 때문이다.

2

그 사건이 있은 후, 마법 병단의 모습은 완전히 바뀌었다.

얼마 전만 해도 병사들만 열심히 훈련했지, 그들은 거의 노는 것에 가까웠었는데 이제는 달랐다.

"훌륭한 마법사가 되기 위해서는 체력 훈련도 소홀히 하면 안 된다. 알겠나!"

"네!"

"그럼 뛰어!"

"와아아아~!"

놀랍게도 능력은 대단하지만 체력은 형편없었던 마법사들이 연병장에 나타나 기초 체력 훈련을 시작했던 것이다.

물론 나이가 많은 칼베르토는 열외였지만 나머지는 멀린을 포함해 모두 열심히 뛰고 또 뛰었다.

그건 숀이 멀린을 6서클로 끌어 올려주며 했던 말 때문이었다.

"내가 원하는 마법사들은 허약하기만 한 자들이 아닐세."

"그럼……."

"자네들이 주로 머리를 많이 쓰기 때문에 육체 훈련에 소홀하다는 것은 나도 알고 있네. 하지만 전쟁이 벌어지면 그런 마법사들은 다른 병사들에게 빌붙어 다닐 수밖에 없지."

다른 사람이 이렇게 말했다면 무식한 놈이라고 욕부터 했을 것이다.

대신 마법사는 그 병사들 수십 배에 달하는 원거리 마법을 쓸 수 있기 때문이다.

하지만 숀이 그런 말을 하자 멀린은 왠지 부끄럽다는 생각이 먼저 들었다.

"저는 지금까지 그게 당연하다고 생각해 왔습니다. 그런데 주인님께서 그런 말씀을 하시니 괜히 얼굴이 화끈거리는군요."

"이것 보게, 멀린."

"네, 주인님!"

"자네 지금 몸속에서 힘차게 움직이고 있는 여섯 번째 서클이 느껴지나?"

"물론입니다!"

숀이 갑자기 주제에서 벗어난 질문을 했지만 멀린은 얼른 대답부터 했다.

아직도 자신이 6서클이 되었다는 사실은 믿어지지 않았지만 단전에 여섯 번째 서클이 있다는 것은 워낙 확연하게 느껴졌다.

"만일 자네가 마법을 배우면서 육체까지 단련해 왔다면 그 서클은 좀 더 쉽게 만들었을지도 모르네. 인체는 생각보다 신비하지. 나는 마법을 잘 모르지만 마법이든 검법이든 알고 보면 하나로 이어져 있다고 생각하네. 특히, 자네의 마나를 늘려주는 과정에서 그것을 확인할 수 있었지."

"그렇군요. 정말 놀라운 이론입니다."

이제 숀의 말이라면 호박으로 치즈를 만든다고 해도 믿을 판이다.

그러니 얼른 고개부터 끄덕일 수밖에……

"그 말은 마법 병단의 저 서클 마법사들이 지금부터라도 열심히 육체 단련을 시작한다면 좀 더 빠른 시간 안에 뛰어난 마법사가 될 수도 있다는 뜻도 되겠지. 안 그런가?"

"아! 정말 그럴 수도 있겠군요!"

지금 마법 병단 안에는 2서클부터 5서클까지의 마법사가 존재한다.

만에 하나 그들이 더욱 강해진다면 이제 6서클의 최상급 마법사로 올라선 자신과 더불어 그야말로 최고의 전력으로 재탄생할 수 있을 것이다.

그것을 깨닫게 되자 멀린은 뒤통수를 망치로 한 대 얻어맞은 것 같은 충격을 느꼈다.

"이제 돌아가서 자네가 그것을 증명해 보게. 그리고 세상 사람들에게 이제는 마법사들도 그리 허약하지만은 않다는 점도 알려보게."

"알겠습니다. 이제부터 마법사들도 반드시 기초 체력 훈련을 철저히 시키겠습니다!"

"체력 훈련 방법은 내가 가끔 코치해 주지. 무리한 훈련은 오히려 독이 될 수도 있거든."

숀은 의외로 세심했다.

요즘 들어 그 점을 더욱 느끼게 되는 멀린이다.

그의 말대로 늘 책만 파며 연구에만 몰두해 있는 마법사들을 갑자기 굴리면 강해지기는커녕 자칫 죽을 수도 있었다.

"주인님께서 신경 써주신다면 못할 일이 뭐가 있겠습니까. 알겠습니다. 열심히 해서 주인님 마음에 쏙 드는 마법 병단을 만들겠습니다!"

"좋아, 대신 자네가 소정의 성과를 얻게 되면 내 그대들에게 특별한 칭호를 하나 선사해 주겠네."

"특별한 호칭이요?"

다른 것도 아니고 특별한 칭호라니… 멀린은 그 말에 주체하기 힘든 묘한 호기심이 생겼다.

왠지 꼭 듣고 싶은 그런 것 말이다.

"이제 봄이 되면 우리는 위대한 길을 떠나야 할지도 모르네. 그전까지 최대한 열심히 훈련시키게. 그럼 그때 알려주겠네."

"목숨 걸고 하겠습니다!"

그렇게 호언장담을 했던 멀린인지라 그는 자신이 솔선수범해서 훈련에 함께 참가했다.

그랬기에 다른 마법사들도 기꺼이 함께했다.

하긴 그들처럼 급이 낮은 마법사들이 어디서 6서클 마법사를 만나 가르침을 받을 수 있겠는가.

얼핏 보기에 마법사들이 기사들보다 군기가 약할 것 같아 보이지만 사실은 전혀 달랐다.

그들은 그들 사이에 더욱 철저하고 지독한 철칙이 있는 것이다.

그중 가장 중요한 첫 번째는 바로 '서클이 높은 마법사에게는 철저히 복종한다.' 이다.

물론 같은 편일 때 이야기다.

"어제는 스무 바퀴를 돌았으니 오늘은 스물다섯 바퀴다. 알겠나!"

"네!"

평소 허약하기 짝이 없는 자들로 얕잡아 보았던 마법사들이 죽을힘을 다해 뛰는 모습은 병사들을 자극했다.

그 덕분에 요즘 병사들도 평소보다 더 열심이었다.

여러 가지로 렌탈 영지군에게는 좋은 이야기다.

그리고 그러는 가운데도 시간은 흘러가고 있었다.

"잘 들어라! 오늘은 특별히 숀 원수님께서 우리 훈련을 참관하시러 오신다. 만일 오늘 그분의 마음에 들게 되면 영광스러운 칭호를 하사받겠지만 그렇지 못하면 우리는 전쟁이 벌어져도 뒷전에서 구경만 하게 될지도 모른다. 그러고 싶은가?"

"아닙니다!"

"그럼?"

"칭호를 하사받겠습니다!"

어느새 겨울이 모두 물러가고 따뜻한 봄이 되었다.

겨울 때만 해도 그렇게 약해 보이던 마법사들이 모두 사라지고 강인해 보이는 정예 병사들만 모여 있는 것 같았다.

그런데 가만히 살펴보니 이들이야말로 마법 병단 사람들 아니던가.

계절만 바뀐 것이 아니라 그들도 놀라울 정도로 달라져 있었던 것이다.

이제 그 어디를 살펴도 그들은 절대 허약해 보이지 않았다.

오히려 몸은 근육으로 단단해져 있었고 어디 하나 군살이 남아 있지 않았다.

만일 그들의 눈빛이 더욱 심유해지고 지혜로 반짝이지 않았다면 누구도 그들을 마법사라 생각할 수 없었을 것이다.

"다들 고생이 많군. 오늘 최종 훈련 점검을 하겠다고?"

"그렇습니다! 직접 참관해 주시고 평가를 내려주십시오!"

"알겠네. 그럼 어디 지켜보지."

손이 이렇게 대답하자 곧 가장 선두에 서서 보고를 했던 멀린이 오른손을 번쩍 치켜들며 큰 소리로 명령을 내렸다.

"시작한다!"

"와아아아아~~!"

그리고 마침내 그들의 훈련 모습이 펼쳐졌다.

칼베르토를 빼면 모두 여덟 명에 불과했지만 멀린을 포함한 그들은 빨랐다.

아니, 빠른 것뿐 아니라 사납고 지독했다.

지팡이를 들고 주문을 외는 것은 아니었지만 그들에게서는 엄청난 투지가 흘러나오고 있었다.

그들은 어느새 진정한 사나이가 되어 있었다.

"훌륭해."

짝짝짝!

그렇게 훈련이 끝나고 나자 손이 자리에서 일어나더니 천천히 박수를 치며 칭찬을 했다.

그러자 모든 마법사는 감격에 겨운 눈물을 흘렸다.

남자의 뜨거운 눈물이다.

"자네들에게 감탄했네. 내 기대 이상으로 달라졌군."

두근두근…….

비록 같은 사내의 말이었지만 마법사들은 숀의 말을 듣는 순간 괜히 가슴이 두근거렸다.

그만큼 감정이 들떠 있는 것이다.

"그래서 그대들에게 나 숀이 새로운 칭호를 하사하겠다. 앞으로 우리 영지의 마법 병단 마법사들은 이렇게 불리게 되리라. '전투 마법사'라고……."

"와아아아～～! 멋지다!"

"전투 마법사라니… 정말 끝내준다!"

이후 대륙을 떨쳐 울릴 마법사들은 이렇게 탄생했다.

그리고 그들은 그 이름에 걸맞게 곧바로 전투 준비를 서둘렀다.

이제 점점 진군의 날이 다가오고 있었기 때문이다.

『건들면 죽는다』8권에 계속…

백미가 新무협 판타지 소설

FANTASTIC ORIENTAL HEROES

천선지가

불의의 사고로 죽은 청년 이강
그를 기다린 것은 무림이었다!

어느 날
그에게 찾아온 운명,
천선지가.

각인 능력과 이 시대엔 알지 못한 지식으로
전생에서 이루지 못한 의원의 꿈을 이루다!

『천선지가』

하늘에 닿은 그의 행보가 시작된다!

Book Publishing CHUNGEORAM

유행이 아닌 자유추구 ~
WWW.chungeoram.com

FUSION FANTASTIC STORY

월문선 장편 소설

화려한 귀환

머나먼 이계의 끝에서
다시 돌아온 남자의 귀환기!

『화려한 귀환』

장점이라고는 없던 열등생으로 태어나,
학교에서 당하는 괴롭힘을 버티지 못하고
자살이라는 극단적인 선택을 하게 된 남자, 현성.

"돌아왔다…… 원래의 세계로!"

이계에서 죽음을 맞이하게 된 현성은
자신을 죽음으로 내몰았던 현실 세계로 돌아오게 된다!

고된 아픔들, 그리웠던 기억들,
모든 것을 되살리며 이제 다시 태어나리라!

좌절을 딛고 일어나 다시 돌아온
한 남자의 화려한 이야기!
이보다 더 화려한 귀환은 없다!

FUSION FANTASTIC STORY
건(建) 장편 소설

컨트롤러

Controller

세상에게 당한 슬픔,
약자를 위해 정의가 되리라!

『컨트롤러』

부모님의 억울한 죽음.
더러운 세상에 희롱당해
무참히 희생당한 고통에 분노한다!

"독하게… 살아가리라!"

우연한 기회를 통해 받은 다른 차원의 힘.
억울함에 사무친 현성의 새로운 무기가 된다.

냉정한 이 세상을 한탄하며,
힘조차 없는 약자를 대변하고자
내가 새로운 정의로 나서겠다!